ALICE

TECENDO O TEMPO

Maria de Fátima Moreira Sampaio

Às estrelas mais belas da minha constelação:

Priscila e Kristal.

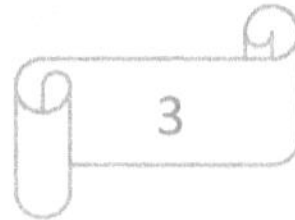

SUMÁRIO

Capítulo 01

ALICE

Era meia noite e meia do novo meio dia. O outono chegou outra vez e, contrariando a lei natureza, fincou as folhas em terra firme para mais uma temporada apática. Alice estava desolada apreciando a tarde, pondo fim ao pôr do sol. Olhou a chegada das novas folhas, mas não se importou. As sombras do dia não conseguiam superar as do coração. E, por desabrochar em prantos, preferiu a calada das árvores aos barulhos estridentes das pessoas em casa. Uma casa concreta de pratos gelados, carnes cortadas em gumes de felicidade: um pedaço de não, de grão em grão, lhes cabia em cada ocasião.

Bem, a casa de Alice vivia de noite e de dia como uma estada cadente e como um circo sem riso, cada um parecia farto de si mesmo, recolhendo restos de palavras nos fins de frases cortadas.

Os laços estreitos de dor e ausência faziam de seus irmãos, coadjuvantes primeiros e derradeiros em sua rede familiar, uma espécie de isca agre para degustar. Ela não sabia ao certo o que eles pensavam, tampouco o que sentiam. A larga

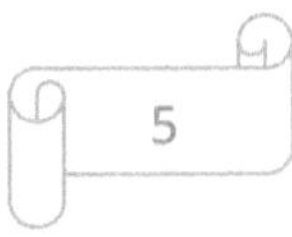

distância estendida em seus laços parecia a única coincidência em comum a se identificar. E por ser um ardil cego, perene, todos permaneciam envoltos, porém desolados.

Era sempre assim: como uma pintura riscada, caindo aos poucos pedaços na beira da velha moldura apagada em seus traços, estavam congelados e emudecidos em suas poucas palavras. Um de cada lado que lhe fosse mais apropriado. Mas, isso pouco importava para Alice. Já não os reconhecia em suas faces tortas que carregavam olhares fechados. Ela os bebia sobre o horizonte das bordas dos copos aonde ela os escondia. Mas, cada vez mais, não os via. Eles também nem faziam de conta que estavam por lá.

Cada um em sua paridade seguia em frente à procura de um lugar bem trancado. Um canto qualquer já lhe bastava. Embora não fosse absoluta, a desolação de Alice não era apenas dela. Todos pareciam a sós consigo mesmos desde sempre. Como se fossem passos sem pés, fugindo das minas em uma fria casa que alguns ainda chamavam de lar. Um jogo de invisibilidade em que a presença pode ser declarada por pedidos de auxílio que ficam guardados. E cerrados.

Alice se perguntava quando a infância havia terminado. O tempo, assaz outrora, hoje parco, indigente, parecia não conter os ânimos minguados onde todos preservavam lembranças de suas idades. Essa passagem em sua memória guarda um termo singelo, arrebatado, como se fizesse parte de um contrato para ser vivido naquela fase, mas com promessas de aventura para depois de certa idade. Era só uma promessa mesmo. Intacta dívida até hoje não cumprida.

Nem o sol, nem a claridade das tardes, nem o impecável viés dos segredos que rondam a imortalidade de dias felizes pode sobreviver aos dias sem cor. Alice muitas vezes pensava que esta etapa havia sido queimada. Não recordava o cheiro doce ou as cordiais familiaridades que muitos afirmavam terem vivido nesse tempo próprio, passado. Alice, na verdade, de quase nada lembrava e não entendia o motivo para as rasuras de suas lembranças.

Ela nem mesmo havia vivido infortúnios que pudessem ser considerados como razões para essa lacuna, cratera irremediavelmente arquitetada pelas cinzas passadas. Se as amarguras não aconteceram ou se foram morar nos escombros de sua vigília, o fato é que Alice, como uma anciã de suas verdades, pouco tinha a expor para sua consciência vibrar.

Seus dias continuavam a acontecer em prematura brevidade como se fossem sopros de vida arrancados do último dia de ontem, como pilar para sua contemporaneidade. Assim, ela se contentava em fazer parte desse ciclo que gira em rotação da sua experiência fazendo parte dessa composição misteriosa, chamada vida, ainda que em decomposição.

Algumas vezes as culpas vinham e lhe lembravam de sua ingratidão. Alguém lhe disse para reparar em quem não tinha mais tempo ou razão para ficar e viver mesmo em dias tingidos de dor. E, como se fosse uma reparação, ela vivia no ritual de sua própria ressurreição. Estava à procura de um rosto para amar, de uma história para contar, de uma noite para fazer um luar só para ela olhar.

Alice tinha coragem. Escolhia caminhos difíceis, às vezes não trilhados, mas também esmorecia como mera fatalidade por beber de sua fonte desprovida, eventualmente, de tenacidade.

Alice acreditava na vida. Mesmo cansada, ela conseguia erguer seu olhar para o momento seguinte. Acreditava nas lindas horas a serem contadas que saltavam do presente para lhe encontrar convidada na breve proximidade.

Esse jogo de fazer o viver sua estada dava a Alice a sensação que valia a pena sentir, perceber e compreender que morrer é apenas uma coincidência entre o fim de uma noite e um novo amanhecer e que a guarda do mistério de sua idade, poderia ser um termo fechado nos ritos de sensualidade que encantavam seus sonhos e renovavam as promessas de futuro intenso, porém, doce e acolhedor.

Alice amava os bichos, as águas, o mato na estrada, o odor fresco da tarde que trazia mais tarde uma bela noite enluarada. Ela gostava de silêncio, de correr mais que a paisagem, de estar certa e desperta ao chegar a madrugada, e sentia-se quase feliz quando olhava para o céu, imensidão espalhada e   agradecia ao azul estrelado que a olhava lá de cima, perfeito, extasiado.

Alice esplêndida, provavelmente uma outra maravilha criada, a última, por certo não mais encontrada. Mas Alice não era completa, sofria das dores sentimentais como quase todo mundo, algumas vezes aquelas que não se apresentavam no corpo, mas se alojavam como crônicas em lugares ociosos, no seu mais íntimo ser.

Alguns lugares no coração de Alice sabiam também de seu desconforto de ficar esperando que outros sintam sua falta, que lhe peçam passagem para perfumar o ar ou tenham dela uma grande saudade.

Suas vontades, algumas vezes se dissipavam como se fossem motivos que morriam diante da permanente continuação das horas faladas, dos dias, das costuras feitas ao redor de seu eixo, construindo sua eterna gravidade.

Sim, às vezes Alice saia dessa pressa de ser ela mesma e deixava à vontade seus termos de delicadeza deixando-se conhecer o prazer, abolindo a preocupação de não saber se o fato é real e torcer para que a realidade faça apenas seu trabalho de concretizar ilusões.

Assim, Alice fazia rotas, entre o mais esperado, esculpido e bem avaliado jogo de relações de sua estirpe, dentro da pobreza e a casta severa e sincera da liberdade sentida apenas quando a sua sanidade sumia, por excesso de avareza.

Alice confiava em sua sorte. A ânsia havia acabado. Um sentimento brando, insano, quase quieto de tranquilidade, aquilatava agora a sua espera por abraços apertados. Desnudava-se para aproximar os afetos quando requisitada e afastava-se, movimento já previsto, quando incomodava. Os contatos de Alice com seus pares eram previsíveis e infundados.

Alice e a areia movediça dos pântanos guardavam restrições aos impactos: ambas afundavam sozinhas seus visitantes, seja dentro do peito ou nos desejos estranhos de suas mentes. Ou do coração? Alice sempre confundia as raias da cognição com a morada da emoção. É que a pista guardava os mesmos princípios, com discretas distinções: uma chegava e a outra sempre se tardava, perdendo o melhor momento da comoção. Uma comemorava e a outra procurava os pedaços de bolo esquecidos pelo chão.

Os olhos do ancião faminto moravam em suas entranhas. Alojamento quente, vizinho do seu ventre, enquanto o abandono sempre passeava através das varetas de seu leque, escondendo sua face mestra das sombras da dor.

Capítulo 2

O CALENDÁRIO

Alice gostava de observar o calendário dos fatos. Apreciava a organização das linhas que respaldavam a soma dos atos, das ações que pareciam respostas aos acontecimentos ainda que mediados por elementos oriundos da dúvida, incautos.

Alice desejava saber como tecer a propriedade perfeita que faz de cada coisa, lugar ou perecer, necessário, indispensável, como se asa fosse, para ser voo constante, na vida dos voadores contumazes.

Explicações à parte, a casa, os irmãos e o pai, compunham a fraternidade, espirituosa comunidade, da qual Alice pensava fazer parte. Algumas coisas a comovia como ensinavam os mandamentos dobrados em papeis sagrados, outras acendiam seus medos e aceleravam o destino previsto em cartas por engano em sua caixa de pandora, velada. Outras eram como velas apagadas que guardavam as promessas às pressas, colecionando dedos queimados.

Alice não queria depender das cordas do tempo, nem de estratégias de arrefecer o que faz durar um encanto. Queria antes vibrar diante das descobertas, abrir as possibilidades de conhecer a vida, arriscar-se diante da brevidade do instante, fazer vitória antes das inevitáveis perdas de um dano.

Quando Alice perdia algo ou alguém, ela costumava impiedosa ser com suas mãos, tirando-lhe os dedos e anulando os próprios argumentos previamente confeccionados. Antes culpar-se do que selar acordos com a compreensão de seus maus hábitos.

Alice considerava suas verdades sem esconder os deslizes, sem minimizar seus enganos. Alice prestava um serviço a si mesma quando não desculpava a própria torpeza. Mas Alice ia, pouco a pouco, criando débitos consigo mesma e isso ela não sabia. Crescia então uma tênue linha entre sua sincera realidade e aquela que se lhe apresentava com o nome de necessidade.

Alice também era feita de sonhos. O passo da dança, o cheiro doce da pele a vestir lindas pérolas, eram as vestes de Alice, e ela exalava o mistério da pura simplicidade como os raios que o sol banhava, como a ternura do silêncio que ajoelhava enquanto o beija-flor voava. Alice, a própria eternidade que o instante brindava.

Alice era a possibilidade que os sonhos almejavam, assim ela espalhava a formosura pelos caminhos que a acompanhavam. Mas Alice costumava terminar só e a solidão dela se fartava por não entender porque os espaços se alargavam quando Alice se aproximava.

Alice era para os poucos que a amavam, talvez uma quantidade perdida nas somas que os números não contavam. E para esses Alice sempre chegava depois que eles a abandonavam.

Ainda assim, Alice fazia do vazio uma escalada, do canto solitário uma harmonia inventada e de fendas abertas uma passagem para novas descobertas.

Alice, feito fera, era a bela fantasia dos contos fora de época. Ela desejava amar profunda e eternamente o amor apaixonante que a vida, acreditava ela, colocara à sua espera. Alice desejava ganhar os sonhos mais ousados e emprestar a experiência que a sua realidade lhe ofertava. Ela pretendia triunfos de uma solução não descoberta, ser a dona de ideias complexas que transformam em linhas pontos que se completam.

Nos seus contos a fada termina só. Faltava sempre um para um final comovente, uma trilha sonora inesquecível. Uma fada sem par, páginas em branco nas canções de ninar.

Alice narra o tempo em episódios de fina estampa de curas propriamente ditas. Porque

Alice colore e amortece a tristeza. Ela irradia luz e justifica a beleza só por ser Alice. Cada vez que ela levanta com o dia, é criado um novo motivo para o tempo chamar de vida.

O tempo. Sempre ele a regular as chances, moeda da sorte, o viés das idas e voltas. O ciclo incansável do relógio no ritmo invariável das horas. Tempo, o único inimigo inegociável, o passional compasso entre a vida e a morte, o momento imediato do impulso fatal, o primeiro segundo que adia a conquista e presenteia a consorte derrota.

Alice temia o tempo. Esse guardava o significado de ir e começar, do fim sem ninguém esperar e das causas subjacentes que surgem quando não há mais o que fazer para algo remediar. O tempo da boca que já tinha calado, do amor pobre, abandonado, dos filhos deixados, jogados para qualquer lado, enquanto o calendário seguia firme um rumo a qualquer Norte.

Teria sido o tempo, um descuido consumado, a fração de um único momento?

Alice tinha muitas perguntas. Respostas dançavam, tentando encontrar juntas o sentido que fazia com que tudo estivesse em seu lugar, devido ou escolhido, como uma casa que oferece sua chave para o amor fazer dela um lar.

Alice lia os livros e lia e lia e ainda não descobrira como ser feliz e rir apesar dos dias que o tempo fazia. Apesar da sua indiferença, o tempo bendito ou amaldiçoado, reservava seu oculto significado só para depois de ter passado fechar as vias de regras, e de fatos, medidas inevitáveis que nasciam sob o limbo dos tempos cansados.

Alice tinha uma certa pressa em escrever seus atos. Não poderia esperar por uma ação imprevisível do desconhecido a ser futuro. Seu ponto morto ao norte lhe confundia em rotas complicadas. Terra à vista em seu calendário seria prudente para evitar agouro baseado em mau passado. Então Alice tentava tecer o tempo presente de forma solene e doce, entrelaçando as linhas e matizes de sua existência com bons antecedentes e alguns sobreviventes.

Alice sabia e pretendia ser testemunha de momentos bem elaborados, perenes, de ricos enlaces para que suas ações sensibilizassem gente, bichos e fantasmas para que os dias fossem capazes de irradiar felicidade.

Mas Alice sabia que larga era a ponte entre o desejo, a imaginação e o eco dos dias vincendos. Sabia que palavras apenas emolduravam os significados e que no fim das contas cada passo dado é apenas um passo atrasado nos tempos presentes, futuros e juras do que já havia passado.

Mesmo assim ela permanecia atenta aos oferecimentos que se apresentavam. Procurava não deixar passar nenhuma oportunidade. O problema é que elas eram raridade em seu cotidiano. Alice sentia que a vida era mais que missão, mais que graça ou conciliação, com alguma restrição. A dor surgia da cegueira das vendas que a visão atrapalhava. Ainda assim Alice acreditava que os destinos, caminhos e veredas estavam previstos apenas porque as estórias pertenciam a quem as contavam.

Então Alice resolveu escrever a sua versão. Alice pertencia a uma classe de destino orientada pela intuição. Deleite da sensibilidade, ela também sabia que inteligência e vontade eram remos que conduziam ao marco zero da satisfação. E se por acaso se cruzassem, apenas uma teria razão. Cabia a Alice as análises e o tino visionário que capitulam cada ato, passado muito rápido, nos moldes de tempo e mistério, resolução de qualquer edição.

A sua leitura da vida era de paixão. De vida nada a postergar e de espera nada a declarar. Mas a sorte que se avizinha nas dobras do dia por vezes demora. E ela queria retratar com proeza seus cantos de alegria deixando afastar as cinzas do dia que não tinha nada para falar.

Alice acreditava que no final dos parágrafos os fatos devem ser contados à revelia de sua importância. Alice contava os acontecimentos no livro diário de seus contos. E os guardava.

Alice passeava entre pretendentes de sua sinopse. Rogava por cumplices, partícipes na confecção de um enredo alegre, que fizessem parte da satisfação em viver dentro da sua estória. Oferecia compreensão em sua súplica, sobrevida depois da morte, algo atraente e permanente que fixasse a experiência como algo único e alegórico. Mas Alice não precisava de tempo nesta seleção aleatória. Sem disputa na questão, ninguém se apresentava para lhe fazer companhia. Cada história com seu significado, cada sinônimo com seu segredo inusitado.

Não surgiu desejo de nenhum algum ou ninguém para conduzir um fio que lhe proporcionasse ação, luzes ou contemplação. Então Alice seguiu seu caminho como outrora: apenas ela aparecia em seu palco do princípio até agora.

Capítulo 03

NOITE OUTRA VEZ

Alice esperava a noite outra vez. Esse dia diário às vezes custava a terminar e ocasionava em Alice a vontade de saltar as tardes para que mais tarde já fosse o meio da noite com seus segredos e vantagens. Nessas horas tardias a imaginação reinava na sua casa da fantasia para compreender o que a realidade ocultava.

Alguns respingos de gin e estrelas vadias a contemplavam. Diante da autoridade de um céu estrelado, ela presumia que sua vontade era possibilidade e que a vida, por mais morta que fosse, ainda era uma senha premiada.

Alice cortava as trilhas do jardim após a aurora. Seus passos pareciam gaivotas em terra ao escolher a relva estendida tal qual tapete para sobrevoar. Naquele tempo com cheiro de vida ela encontrava sempre um arco-íris a desenhar bem no alto sua montanha preferida. Olhos alertas para as cores que não tardam a chegar e logo depois decolam cruzando as nuvens claras, borrando as cinzas manchas que desfocam o olhar. Melhor visão não há para explicar sua constante ebulição diante da força da natureza. Essa que sem dúvida, vivia para amar.

Assim como aquele arco imponente produzindo matizes na mesa do céu, que cresce de repente para em seguida ir embora, Alice transitava também entre a obscuridade e a nitidez de suas ideias. O arco invocava sua luz própria e conduzia os olhos de Alice à sua própria notoriedade. E por assim dizer, e por assim ser, Alice escutava novamente seu coração cingindo as próximas horas que lhe aguardavam.

Os momentos seguintes confeccionados de curiosidade e muita atenção, costumavam construir uma invasão da percepção ao redor de Alice. Ela confundia o barulho da chuva ao fogo que ardia, o ranger das portas com suspiros de sedução, os ratos no telhado com animais de estimação, o calor do corpo com a febre que o consumia, beijos do pai com a comida que fedia.

Alice trocava a noite pelo dia. Gostava da sua companhia. Apenas ela tinha esse gosto. Mas aí residia sua confiança. Não fazer ninguém esperar por sua presença ou autossuficiência, ou mesmo a música que seu canto embalava antes da próxima nota musical. Alice a todos ouvia, mas guardava suas opiniões. Ela esperava que um dia, de dia, ou antes daquele dia, sua resposta gerasse palpites de uma grande conclusão.

Alice tinha bom gosto. Escolhia suas roupas de acordo com a cor do dia. Entre brumas e acalantos fazia trocas diante do espelho que era seu melhor confidente. Ria da própria formosura que misturava candura com a falta de encanto. Mas Alice não se importava. Sabia com maestria, que vez por outra, como um engano, os olhares sobre ela cabiam e aquelas vezes em que ninguém a percebia poderia ser apenas a ausência de mais dia cheio de graça e alegria.

Alice era jovem, mas seu espírito esquecia a idade que residia e muitas vezes fazia Alice saltar alguns anos. Sua juventude era seiva guardada perfumada e bradava aos quatro ventos de cada canto que a vida era a maior de todas as magias. Queria viver profunda e eternamente a experiência que o tempo trazia. Alimentar-se da pura realeza que o tempo proclama em seus mais belos dias.

Mas como cada face que a vida construía, Alice também tinha mais de um ângulo a desafiar os destinos da física em sua anatomia. Alice poderia ser jovem, como um desejo que exite para uma necessidade, mas nascia idosa em cada pedaço da distância que havia entre um grande amor e um sonho que se desfazia. Talvez o nome, a forma ou o medo de sonhar fizesse Alice pensar que havia um príncipe em diagrama que percorria as delicadas linhas do pulsar que seu coração construía.

Alice aprendeu desde cedo que o amor custa muito caro e raro é seu triunfo desde os primeiros dias. Ela ouviu falar que era no berço que ele surgia, e que o colo de quem ao mundo a trazia fornecia o calor precioso para amar até o fim dos dias. Mas no caso de Alice, como quase em todas as suas experiências, a teoria com a prática se confundia e a realidade soltava farpas quando se confundia, ferindo Alice que pelas falhas não respondia.

A mãe de Alice costumava lhe pedir a palavra, gesto ousado, para quem os verbos haviam silenciado. Seu coração estremecia com medo de errar. Sua mãe sempre a escutava, mas nenhuma resposta dava. Então ela sempre achava que o silêncio da mãe era sinal de cumplicidade. Mas, qual nada, quando ela se foi, em seu leito de morte, preferiu a companhia dos livros às palavras de boa sorte que ela havia decorado.

Sua mãe a amava. Assim ela acreditava. Não perguntava porque não encontrava as palavras. Não a cuidava porque estava sempre ocupada. E por mais que diga seu pensamento diferente, ela sabia que não a embalava porque lhe acreditava valente. Alice era uma estrela e tinha certeza que a todos iluminava quando a penumbra se instalava. Alice sempre parecia contente para obter paz. É que dor e vaidade podem ser evidentes e seus efeitos podem fazer mal à ilusão que sempre lhe acompanhava.

Alice cortava passos pelo jardim.

Ela encontrava um arco-íris e fazia sua curva colorida tal qual um colibri que balançava na leveza do vento com o brinquedo daquele belo jardim.

Alice escutava o coração cingindo com atenção.

Alice sempre achava e não perguntava com medo de errar.

Alice sabia, parecia sempre estar contente.

Alice era uma estrela que cabia em cada luz de um brilho a reluzir.

Para Alice a vida valia a pena. Desde pequena aprendeu a sonhar. Quando encostava a cabeça na janela no fim da noite a cantar, fechava os olhos e acordava entrecortada com raios todas as manhãs. Depois ia encontrar o destino do dia.

Alice nunca desistiu de nada. Quando chorava era um grito de mais se apressar para correr e a experiência abraçar.

Quando Alice se encontrava só e o riso não ia buscar, ela abria as passagens de memórias para as boas lembranças recordar. E assim ela fazia uma troca de chorar bastante por uma razão a mais para acordar.

Alice tinha pecados e desejos. Os pecados calados, os desejos infundados que explodiam e partiam como ave de arribação. O destino Alice conduzia com o fervor da sua intuição, que era preenchida com as certezas do que não pretendia fazer. Assim, Alice fazia sua canção de um eu próprio, dedicado a encontrar um valor maior para ser a Alice dos sonhos de todos os seus dias, de suas noites tardias como um som que bem de longe vem chegando, tomando a alma e o corpo, nus, em prantos, para ir aos poucos vestindo o veludo leve do conforto e do aconchego cândido e sincero que as horas acalentadas trazem no meio da sua amada madrugada.

E aí, sim, quando as luzes se apagam e somente fala a flauta de ninar a nota mais cansada, ela vai para dentro do canto onde a vida era felizmente terminada. Até o próximo dia.

Capítulo 04

À MESA BASTAVA

Alice estava consternada com essas observações. Uma família planejada para o amor e proteção, hoje morava em guarida de um inverno afetuoso, esconderijo ligeiro das alegrias mais íntimas, quase todas paridas em tom jocoso. Todos estavam juntos, mas distanciados, e residiam sob a dor de estarem abrigados na morte que os enganou. Mera afinidade. Ela sentia falta de ternura e de cumplicidade, de viverem em parceria ou lutos complacentes atestando amizade.

Alice poderia amar a vida. E por ela ser amada. Entretanto, suas dúvidas a confundiam em suas escolhas e seus pleitos de felicidade entravam pela noite, silenciosos, dando a luta por não terminada. Todo dia.

Alice considerou que um amor a salvaria. A levaria para os sonhos que se transformam em realidade. A sorrir sem saber por que, amanhecer com fome e ter vontade de ser o que é. Contentar-se por existir. Encontraria aí a tal chama da alegria interna, essa redoma que convidava uma pessoa a gerar vida ante a adversidade.

Ah, os amores como sempre em sua vida chegando aos clarões e desaparecendo na soturna ordem dos desejos. E por que não dizer que ele, o amor, que vive aos sobejos, à espreita do deslize inequívoco da vaidade de se sentir amado poderia evitar os transtornos de tristeza e murmúrios solitários que ela tão bem conhecia? Pensou em suas vantagens, dividindo teto e tempestades, alavancando propriedades de futuro, prazer e fidelidade. E as preces e promessas chegariam para consolar o que jamais foi escolhido e sim, como no pouso do pássaro em sua janela, adentrariam em seu coração, ateando fogo ao tédio, à mesmice da velha vida vivida à procura da morte, até que ela, a ferida última, desatasse as lágrimas como um último pacto de sal e sorte.

As lágrimas, essas correntes incansáveis, rastejariam em sua face, plano improvável do repouso e da felicidade. E a tristeza, como parte dos sorrisos parcos, por fim terminaria o pleito entre o ser e o sim, elegendo alguém que gostasse verdadeiramente dela, ainda que fosse ela, tão somente, a dona do capítulo primeiro de versos enfadonhos dos romances que não foram criados.

Alice estava cansada e resolveu voltar. Respirou profundo e entrou outra vez em seu celeiro chamado lar. Quase ninguém ali a reconheceu, exceto pela cor do vestido. E, de pronto disfarçada, sentou-se à mesa da ceia posta. Alice olhava a linha sobre o peito dos estrangeiros. Gargantas fechadas, palavras cifradas escondem um traiçoeiro dialeto. E quem não for o primeiro não será o derradeiro a ganhar a jogada.

Mesa em jogo, apostas feitas, roleta viciada. Todos falavam e prestavam contas do dia ao notário pai, preposto da mãe que jazia. Felizmente.

E nada adiantava para ser considerada. Alice era a peça colocada ao acaso neste quebra-cabeças de solução complicada. Fazia imersões constantes em partidas e chegadas como o cisne na água do lago, Alice permanecia em seu castelo para permanecer inteira enquanto o vento juntava seus pedaços.

Alice que de dia fora princesa, agora de noite se escondia. Busca nos restos de sol os raios que a sua imagem irradia como quem mora só em túneis de fim do dia. Alice era caprichosa, sagaz em sua maestria de percorrer em linhas retas as sinuosas nuances dos dias.

Naqueles regalos de tempo cobrados à beira da mesa, Alice tomava emprestado de todos um momento para percorrer os segundos enquanto era servida como amarga   sobremesa. Era apenas um costume, nada mais que um lume usado para acender a fogueira à espera da mesma presa.

Alice olhava em panorâmico olhar a cena santa da ceia. Esse repetido cotidiano, um repertório impresso em menu, a apresentar de todos um defeito, um fardo a guardar, que apenas para Alice parecia familiar.

Ao redor dos seus olhos escorriam as luzes febris de dentes espantosos, seios voluptuosos de ferinas palavras faladas ao acorde dos talheres tortos, aptos a cortar.

A sílaba pensada, enfadonho conserto de estar sempre lá, à mesa posta, sem desfechos para comentar, porque o dito parecia o maldito hábito de dizer o que é evidente, portanto, era apenas uma questão de olhar. Do olhar.

À mesa estavam sempre dispostos os segredos a segregar, a se transformarem em armas para no futuro aprisionar o respeito, o bem, o querer, daquilo que ninguém mais quer sanar.

Fim da fome, enfim, desativada, o sono, desleal companheiro, outra vez lhe faltara. E o que fazer do resto das horas contadas? Poderia ser regressiva a contagem para o lume da sua agonia, fantasia dissipada, ao apagar das luzes que fazia o brilho da noite ser o mais próximo dos seus sonhos. Por onde andava, Alice encontrava o silêncio, a interrogação das suas respostas, mas não conseguia compreendê-las. Talvez o medo, de enfim vencer a ignorância da solidão fosse por último seu páreo primeiro a tecer sua improvável felicidade.

O que fazer no dia seguinte? O que fazer do dia seguinte? O temor de não mais saber o que perguntar a estremecia porque resultaria ter dado cabo à inquietude que só a vida lhe traria. E assim sendo, poderia sua lápide ser enfim, visitada.

Dormir para esquecer. Dormir e esquecer que existia. Mas, para seu desespero ser maior, um rasgo de dúvida observava seus olhos: poderia haver outras perguntas, ainda que sem sentido, a prover a inexata conexão entre vida e morte, ser ou não a questão imputada ao motivo que a levaria a permanecer inquieta, mesmo depois de morta.

Coisas em que pensar, outras que arrumar, Alice tentava não amanhecer quando seu corpo esfriava diante das distâncias feitas assim em momentos de fadas e sangue, que derramavam as lágrimas de uma última noite do arlequim. O aplauso para Alice era feito das *trampas* acordadas entre o riso e o preço pago pela sorte que assistia a tudo, de dentro do seu camarim.

Alice pensava em morrer. Algumas vezes, apenas. Mas, todos os dias. E não era para ser eterna ou lembrada. E sim, para ser chorada, sentida em saudades, velada em arrependimentos entre cafés e noitadas. Gostaria de ser assunto de conversas entre familiares e comadres.

Alguns remorsos pela falta de companhia, um assunto qualquer preenchendo um resto de conversa vazia. Queria ser ao menos uma lembrança postergada.

Alice costumava imaginar o mundo sem ela: as tardes sem seus passos pelo jardim, a noite privada de suas miradas enluaradas, as águas sem suas mãos molhadas e os sonhos sem seu sorriso de felicidade. O que passaria a ser passado dentro de sua casa? O pai que não a olhava, a mãe que resolveu morrer em tão tenra idade e os amigos que não teve tempo de fazer.

Mas, qual nada, talvez não fosse prudente ou lisonjeiro escolher ir primeiro do que o destino. E ainda que as cores fossem pardas nas manhãs ensolaradas não poderia evitar, por certo, alguns sorrisos acompanhados de alguns " até que enfim", " antes tarde do que nunca..." e alguns pequenos "já!?".

Assim, talvez, valesse a pena mais uma espiada, uma revistada inusitada em sua próxima jornada. Retardar a próxima morada, percorrer uns dias a mais de presente para sua estada.

A caminho da próxima semana, Alice conversava com seu coração sobre uma outra opção: passar um tempo fora, longe de seu jardim, do lado esquerdo das rosas coroadas de espinhos.

Essas eram suas parceiras, amigas de alma, vizinhas que não precisavam provar que ainda estavam ali. Amores, paixões e sonhos sempre companheiros, talvez devesse agora deles ser desalojada.

Mas restaria ele, o amor, que não pode conhecer. Aquele que ficou preso nas leituras e madrugadas. Não, talvez fosse cedo para isso acontecer. Todo mundo precisa deixar alguém vazio para esquecer, pensava.

Alice sentia falta e suas dúvidas a confundiam.

Alice pensou em tempestades, entrou em seu celeiro e as gargantas estavam fechadas.

Alice era a peça e fazia imersões. Alice permanecia e era princesa quando se escondia.

Alice era caprichosa nas nuances dos dias. Ela tomava, era servida e olhava a cena santa familiar.

Alice andava em silêncio e perguntava. Ela dormia e pensava enquanto imaginava. Ela caminhava, sentia saudades e escorria em meio aos talheres tortos.

Alice precisava de um tempo para provar.

Alice pensava e arrumava as *trampas* acordada.

Alice conversava sobre outra opção.

Alice costumava imaginar as cores pardas da manhã.

Alice tinha amigas e parceiras, mas suas vizinhas não estavam ali.

Alice fora princesa para ser considerada.

Alice era presa à mesa.

Alice derramava lágrimas e aplausos de dentro do seu camarim.

Alice precisava esquecer.

Capítulo 05

NO FIM DO DIA

E a noite fechou as portas do sono. Alice pensou que era princesa e sonhou com o dia. Novamente ele chegou impondo suas cores e calor, fugaz tentativa de fazer da vontade seu viver. Depois do café, insolúvel foi sua manhã. Alice sonhou que era outra pessoa. E bem distinta de seu modo de ser. No sonho ela era floral e com seu perfume a sua presença eternizava os momentos produzindo memórias para serem eternas.

Pensou como seria existir assim. Alice não era marcante. As pessoas sempre esqueciam seu nome, seu rosto era sempre confundido com o de outra pessoa e suas palavras trocadas por frases de outras bocas. Precisava sempre apresentar-se às mesmas pessoas e explicar porque estava com elas. Um dia ela esqueceu seu rosto de infância, e agora recorria às fotografias para cifrar algumas poucas linhas tardias. A brisa do dia a levou ao rio e ali, esperando uma corrente, maravilhava-se em suas águas, narciseando um semblante que não envelhecia jamais.

Relembrou passeios de infância onde mergulhava com sua mãe nos prazeres dos cuidados. Um dia já foi filha de alguém que dela não esquecia. Mas, tal qual, no dia a dia, precisava fazer graça para que ela, aquela que lhe dera a vida, não esquecesse que parte dos créditos de suas graças, a ela, por ela, foram doados. As cantigas de roda circulavam em sua mente, mãos dadas em lágrimas, coroando sua lembrança como um tempo que desaparece porque simplesmente não existiu.

Talvez as pedras das margens daquele rio se sentissem mais felizes, livres e menos invisíveis do que ela.

Perdida em seus pensamentos, uma aflição a alcançou: Estaria insatisfeita com seu destino ou não o ouviu? Como saber se apenas não estaria cumprindo uma sina? Ela estava sentada ali há horas e nem a cotovia lhe estimava, ainda que fosse o ser mais parecido com ela. As águas e as pedras do rio pareciam lhe dizer para continuar. A água lhe mostrava um trajeto, sempre pelo mesmo lado, obedecendo à desembocadura terrestre. Seria esse um sinal de silêncio de sua insatisfação pessoal?

Alice concluiu que talvez não estivesse apta para esta adaptação. Ou, talvez não fosse tão profunda e hábil e só capaz fosse de caminhar à sua margem, mas imaginou o que um mergulho faria em sua alma: torná-la flamejante ou arquejante. Mesma rima, isso seria muito pobre, convencional demais para quem procura a si mesma no espelho.

No meio da manhã, outro som lhe urgia: era o vento a soçobrar no fim de tarde que gemia perdida entre as montanhas procurando um lugar para chegar. Alice pensava em crescer para alcançar a felicidade. O tempo, seu fiel confidente, não lhe guardava mais que pedaços de horas e poucos zelos nesta procura. O vento tangia longe suas lágrimas e seus cabelos desalinhados presenteavam-lhe com charme e ar de inocência. Ela acreditava, às vezes, que o inusitado poderia acontecer e então seu coração poderia conceber uma paixão.

Alice gerava esperança, nunca esmorecia depois que perdia a vontade. Alice era sensível: tinha medo de adoecer, mas não de sobreviver. Era sincera: escolheria um prazer, passageiro, mas intenso, a uma vida nas sombras das certezas do que vai acontecer. O meio termo, partido ao meio era seu conhecido apenas nas janelas tortas da noite que procura descanso para seu silêncio. Assim, a felicidade parecia um caso perdido, uma ópera mal composta, retalhos em tiras de imaginação, pedaços de lua que se divide em romances inocentes.

Alice buscava outra chance para sobreviver à mesmice que encontrava em suas lutas diárias de paz inacabada. Sentava à beira do mar, debaixo do sereno da terra molhada e confessava que havia um fantasma dentro de seu ser. Esse outro morava em habitação por fazer os alicerces mais firmes em profundas colunas que impedissem o seu envelhecer. Alice era uma estrada de pistas traçadas, rumos cortados por futuros a escolher.

Alice também era a morada de mendigos fugidos de casas ocupadas, aquelas onde não há mais nada o que fazer. Ela temia que um dia isso lhe fosse acontecer. Se a sua palavra fosse só até o ar, solto, sem ensurdecer, seus gritos seriam silenciados e a sua voz o pranto iria perder.

Alice era uma questão apática. Sim, como a maioria dos ruídos Alice se movia como parte de um cenário confuso, sem notoriedade, um rosto de qualquer idade e um corpo invisível, indiferente ao que fosse sedutor ou sujo. De algum modo esta consciência se fazia presente e esta era a maior parte de sua peleja interna. Às vezes bélica, às vezes coberta por sua insensatez de demolir a solidão, sua composição era deserta e sua melodia uma mera canção. Então, Alice se escondia com a alegria de amar o dia e cumprir os ritos de hora em hora até completar outro meio dia.

Alice talvez não fosse profunda.

O tempo, fiel confidente, só guardava pedaços.

O vento tinha ar de inocência.

Alice gerava, mas nunca morava.

Alice confessava.

Morava em uma habitação com futuros para esquecer.

Alice temia.

Sua palavra ia para o ar e matava o anoitecer.

Alice era apática.

Tinha um corpo sedutor e sujo.

Alice se movia em um cenário bélico, confuso.

Alice cumpria os ritos até completar outro meio-dia.

Capítulo 06

OUTRA VEZ

Chegou o dia seguinte e com ele mais uma semana. O dia de hoje estava mais lento então Alice decidiu parar o tempo, que de tão preguiçoso lhe agradeceria o intento. Resolveu andar pela imaginação e construiu algumas notas de paixão em uma melodia de memória: uma letra de sedução, uma canção cheia de coragem e certezas, um futuro igual ao amanhecer e um presente dourado como a aurora de cada recomeço.

Alice dormiu sobre a relva do jardim e adentrou na sua própria criação. Tocou suas vestes coloridas como a fresta de sol pelos campos que deixava a paisagem aberta. Aceitou a mãos afetuosas que lhe conduzia ao amor. Percorreu alguns lugares inusitados como a febre da paixão, beijou a face de alguém que lhe transportou para uma bela canção. Como nos amores de castelos e rainhas, Alice pensou em cenas de sedução e entrega, só possíveis em sua mente. O sonho a despertou com o sol inclemente chamando para voltar para casa. Alice sentiu algo estranho agora.

Foi um momento de vida, um sopro de riso, um resto de corpo na sua alma quase morta.

Sorriu, como quem o faz pela primeira vez, um instante de luz, e por um momento livrou-se do próprio corpo decomposto em uma familiar armadura.

O tempo caminhou triste, levado por seu lenço que enxuga o desejo não consumado.

À mesa do almoço, Alice cruzou o olhar com o pai. Este lançou um ar conhecido, indesejado, e lhe perguntou o que ela queria saber para ser querida. Alice não tinha a resposta para a resposta a ser dada que seu pai lhe daria, então, trocou o diálogo pelo cansaço e foi para seu quarto. Folheou um livro morto onde seus desejos eram trancados e considerou amar.

Um amor daqueles dos sonhos de copiar em contracapas de cadernos bordados de poesias do agora, de um gesto maior de fazer nascer um filho, uma história que ficasse bem marcada. O nome desse sonho ela conhecera por nome de felicidade. Porém, apenas na solidão da mesa de jantar pensava seriamente nessa saída. Emboscada revista, antepassada, Alice adiou esse intento e resolveu dar uma oportunidade ao sinistro plano em pensamento.

Durante os intervalos de tempo, quando havia um pensamento, Alice copiava o gesto emprestado pela mentira do esquecimento: nunca sabia o porquê de tantas perguntas atentas ao seu comportamento. Apenas o visível e risível era olhado: por que os pés estão sujos? Onde estava até agora? Onde está o lado de fora? Alice buscava por dentro, de lado e equidistante, a relação entre as linhas da interrogação. Em vão, seus olhos olhavam para o chão onde talvez houvesse um fundo mergulhado na escuridão.

Alice quase sempre estava só. Mesmo quando dançava e as curvas da melodia a todos embalavam, Alice permanecia ímpar. Era como se seus braços estivessem perdidos na multidão, seus afagos esfriavam antes que um toque a acompanhasse. Ou mesmo nos encontros domingueiros entre pares, parceiros ungidos por enlaces, sua sílaba era esmagada, e sua voz ecoava voltando para seu peito.

Suas perguntas, escondidas no ar, procuravam respostas em segredos entre as divisas do medo e das falas amargas. E delas, aquelas que a iluminavam, jorravarram pequenos brilhos dos céus, como um acalanto para sua conhecida solidão.

Alice sempre estava exposta. Mas não contavam com sua presença. Nos jogos entre amigos e serviçais, alguém sempre perguntava por outro mais, mesmo que com Alice adornando o círculo entre os demais. Mesmo assim, Alice insistia e apressava-se para responder às perguntas e adivinhações feitas em cartões postais e em endereços de ninguém mais.

Alice estava em todas as mulheres do mundo. Ela era perpendicular. Naquele dia em particular trazia ela as flores amarelas para o jantar. Era a hora, seria agora que abraços ela iria encontrar. Esteve ansiosa durante todo o dia por este momento. Algo mais que um sacramento, aquela data era um fato a declarar. E por que não dizer ou aceitar que seria bom. Algo distinto das tormentas dos dias de frio e reputação a reparar. Era seu aniversário e naquela data do hábito de acordar, uma nova folhagem começaria a gerar. E assim passou o tempo, o relógio chegando perto do momento para começar. Sentou-se à mesa, mas não apenas para cear. Sabia, com frágil certeza, que estava tudo preparado para o fim da sua inquietação.

Primeiros minutos alentados, braços erguidos empoeirados para agasalhar outros ofertados. Depois de algum tempo, Alice se apoderou da verdade já avisada. Nada aconteceu. Suas mãos permaneciam vazias dos encontros com outros, seus olhos passeavam pelas sombras da sala de jantar e suas sílabas de agradecimento ficaram perdidas em gargalhadas copiadas em *cartoom* mal elaborado.

Então, Alice mais uma vez ficou silenciosa. Naquela madrugada Alice chorou mais do que devia. Não seria possível tanto esquecimento! Talvez estivesse morta e isso explicaria tudo. Talvez a ilusão das horas, os movimentos mal interpretados, as vistas nebulosas ou quem sabe uma calamidade sem precedentes a teria levado para sempre.

Alice teria esquecido de Alice que teria sido esquecida pelo tempo que havia sido desfeito pela ilusão que teria sido criada pelo desejo que seria incompetente para gerar o presente. Pretérito mal passado, seu mal estar nada mais era do que o outro lado de sua imaginação. Seu semblante agora se contorcia e uma nova cisão se aproximava: Alice iria ser má! Pois que de pronto e definitivamente esta vida de bendições, primaveras e madrugadas só o luto trazia e de vida, quase nada.

E em um minuto atônito, Alice preparou seu novo perfil: andaria às avessas de sua enorme sensibilidade, cuspiria fogo em crianças, faria   pactos com o diabo, iria desconjurar sacramentos postulados, dançaria nas brasas ardentes da luxúria, ofereceria seu sexo aos imprudentes e traria um pouco de decência àquela comunidade. É que de tanto andar e jurar fidelidade chegara o tempo de adormecer um momento em sua exitosa bondade. Não mais aplacaria a sede em sede de necessidades. Diria não a Efésios, Mateus e Coríntios. Não cederia ao amor e similares.

Tudo tinha um limite e seu limiar não mais lhe bastava! Iria cumprir promessas de vingança interna com ar de autoridade! Não daria um só sossego à tristeza! Chega de surpresas! Planejaria como numa receita de bolo, o gosto amargo de seu próximo movimento. Não, não como um bolo!! Como pensar em adoçar a vida dos desalmados!!!

Um desafio à sorte lançaria àqueles que a atormentassem!

E que postulassem a morte como modo de salvação!

Alice estava em todas as mulheres do mundo.

Quase sempre estava só.

Era seu aniversário e se apoderou da verdade.

Nos primeiros minutos Alice chorava.

Alice esqueceu Alice.

Alice tinha um limite. E nascia ao meio dia da noite.

Uma lâmina feria a palavra não falada, e a dor fatigada à serenidade que faltava. Felizes eram os dias que não estavam por vir. Eles eram laços em lances recebidos em alvos por Alice imaginados. Alice dormiria como pássaro que foge da prisão e sim, Alice dormiu um instante. Enfim. Alice descansou sobre si a sensação do vazio, de um amor que não conheceu até então. Seu coração arregaçou as mãos e refez o próximo compasso, passo a passo, como um último concerto para uma canção.

Alice adormeceu em seu próprio abraço.

Alice sempre acordava invisível. Fazia as tarefas do dia invisível e esmorecia a cada quarto de hora. Alice sentou à borda do seu prato, alimentando-se do livro verde que folheou. Seu desejo nato era composto de árvores que ornamentavam o jardim. Alice buscava, mas não interrogava. Alice cochilava e chamava as dobras do tempo pra fazer o ocaso. Alice sonhava.

Capítulo 07

O PRIMEIRO DIA DEPOIS

O tempo virou a página de mais um dia. Alice se pôs *rubia* e tal qual Joana, arregimentou seu exército para uma longa batalha. Suas armas confeccionadas de festim com naja, olhar desolado e uma bela aflição de enfermos, ela se inspirou em um plano mais aberto como se fosse as portas de um abismo ao léu. Alice então ergueu o peito em afirmação, aspirou o sexo com podridão e beijou seu reflexo no espelho do chão. Narcisificou sua sorte, reviu os termos do abandono e o premiou com uma breve morte. Revisitou um ato fálico, e riu com escárnio dos pobres doentes de amor.

E como em um último suspiro, olhou de lado incrédula, assim como fazem aqueles que olham para ela. Sim, era possível mudar.

Alice escancarou o próprio corpo e o fortaleceu banhando-se nas águas virgens de lágrimas que de seus olhos se afogavam. Arremeteu então seu medo e planejou uma orgia para começar. Algo doce e fatal, como carmim sem carnaval, um viés no fim do dia a qualquer preço ou um parto inesperado nascido em pleno luto. Seu vestido era de pedras de veludo e guardava suas mãos que escondiam as cinzas dos lamentos profundos.

Alice queria ser rainha por um dia. Da crueldade ou da sinceridade, tanto fazia, já que as duas guardavam entre si grandes similaridades. Uma por fazer festa em noites sem fim e a outra por desvendar o véu detrás da maldade.

Alice desejava ser temida. Por todos e indistintamente. Gostaria de sorver o espanto de quem teme morrer. Olharia profundo dentro dos olhos daquele que sucumbe diante da mortalidade.

Alice saiu disposta e voraz.

A primeira vítima de sua pessoa, agora em alforria, foi um feliz felino que domesticado vivia em seu quintal. Alice ouviu seu pedido de fome no início do meio dia e lhe ofertou nutrição guardada para dentes sãos. O alimento em seus pequenos grãos continha pólvora com agrião, cheiro doce de ração feita com emoção. O felino se indispôs, agonizou estupefato, já que as mãos que antes o afagavam agora cobriam o riso de tanto gozo pelo fato.

Alice lembrou da orgia prometida e procurou uma terra virgem e desgarrada. Precisava de um plano inequívoco, sem sequelas para suas lembranças. As crianças seriam um bom alvo, modo tenro de espalhar tristeza. Lembrou que as miudezas da vida são coloridas nesta fase e farão as diferenças entre tempos de amor e saudades enterradas. Alice gostou dessa ideia e por esta razão convidou alguns senhores para uma festa na escola da cidade. Ao longe avistou os olhares insanos para os pequenos brincando de ser alguém a troco de nada. Riu com o costume de se esconder dos pequenos a realidade dos fatos, fazendo de conta que as estórias são para fazer crescer de verdade. Ela chegou vestida de fada e chocolate e propôs as brincadeiras de achar e conhecer algumas peculiaridades próprias daquela idade. Um fato para marcar, uma cruz para fincar, até a dor não esquecer.

De perto, ela observava o resultado da fria ludicidade:

As crianças choravam, procurando abrigo das feridas escaldantes passeando pela iniquidade. Mãos pesadas, nauseantes, procuravam pelos prazeres da carne como quem não tem mais ninguém para amparar ou crucificar. Alice ria e em sua mente urdia o futuro daqueles pequenos infantes e da marca daquele instante a impregnar sofrimento em suas histórias.

No fim do dia, Alice estava satisfeita, perfeita para qualquer nova atividade. Dormiria um sono profundo, polindo os planos do próximo meio dia que a aguardava.

Na próxima manhã Alice acordou com o vestido apedrejado. Grãos do concreto armado da cidade e restos de asfalto com leite desmamado impregnado em suas vestes traziam lembranças do ontem. Uma verdadeira façanha fora as horas da noite passada. Alice havia bebido com anciões solitários que se empanturraram de rara alegria com sua companhia durante um certo dado tempo. Eles ficaram felizes com alguém chegando de longe lhes oferecendo alimento e voluptuosidade. Por alguns momentos de proximidade Alice cobrou-lhe o riso dos dentes e os vendeu em partes, sem nenhuma contrição. Ela contou seus centavos, fez escárnio da sua miséria e não ouviu seus pedidos de alento e morte rápida. Essa havia sido a última cena da noite de uma única ceia por Alice lembrada.

No próximo dia seguinte Alice preparou um banquete para oferecer aos seus vizinhos. Pagaria as vozes que gritavam no meio da noite atrapalhando seu sono com carne fresca de amigos bizarros. Pensou naqueles que desejava vez ou outra esfolar, aqueles que a desmoralizavam na frente de indignas criaturas, almas em praga, condenadas ao riso fácil e à mesmice de dias fáceis. Iria à forra daqueles que silenciavam ao ouvir suas palavras.

Posta a mesa, toalhas brancas com carne macia, Alice ofereceu pedaços de gente mergulhados em sangria. Alice revivia assim o gosto das relações invisíveis, das frias mãos que que seus dedos não conheciam, de quem lhe sorria sob a luz de uma boca que sepulta cada sílaba de amor e alegria. Concordava que a grande maioria daqueles que lhe cercava apenas queria uma urgência para depressa de sua presença, desaparecer.

Alice reproduzia em sua ceia o pão com o suor dos outros. Aquele que furtava o irmão, aquele que não perdoava ao ouvir não, aquele que reluzia diante do penhor alheio. Todos à mesa, aquele maldito lugar para Alice cativeiro familiar, de infortúnios e zelo pelo choro alvissareiro de quem dele levantar primeiro.

Nessa noite Alice comemorou as bodas da sua própria história. Era um conto de fadas sem ouvintes, plateia de gente fingindo não serem ausentes. Ela pretendia entender porque o bem e o mal não são iguais. Queria alternar os pontos de vista de cada lado. Mergulhar em resultados outros que não fossem o da espera e o da consternação, descobrir porque não se consegue resultados diferentes quando se opta por lados diferentes. Uma vez Alice entendeu que os costumes vêm com a certeza de parecer imutáveis e que paz e tranquilidade é só esperar que o tempo, com cuidado e demora, traz. Alice queria destruir esses conceitos dentro si. Não mais acreditar em pilares de pensamentos produzidos pela inteligência ou serenidade.

Alice desejava criar fins, felizes e inacabados. Seria também autora de autos de fé ou sobriedade. Na verdade, ela sempre sonhou ter ouvintes fiéis às suas palavras e a alianças distantes de seus anéis.

Depois de um tempo em campos não tão belos, Alice parou.

À beira da loucura e a ponto de não pertencer mais a si mesma, Alice teve medo. Medo de se partir ao meio e não estar mais aterrorizada, de não fazer mais a divisão do dia em noites, não reconhecer a lua no céu ou os rios dentro das águas, perder as estrelas que lhe protegem dentro dos véus da noite. Alice empalideceu. Subiu ao firmamento da decisão e resolveu respirar um pouco.

Alice reconheceu seu medo de ganhar as batalhas almejadas. As perdas poderiam ser costuradas em seu corpo cansado e envergonhado e as vitórias... bem, essas trariam serenidade apenas por breves segundos antes do próximo desejo nascer.

Assim estava o tempo dentro de Alice: esgueirado entre linhas cortadas, protagonizado em assinaturas anônimas. Traços traçados em páginas sedentas, sucessivas, cartas sem endereços diferentes. E em todas Alice estava ausente.

Alice esquecera como era o poente. Havia deixado as tardes para depois. Assim, descontente, ela fez um hiato entre seu tempo e sua alma doente.

Alice desalojou-se assim de sua casa interior. Pintou de dourado as paredes e prateou a pílula da sua felicidade. Inventou a ignorância para seus problemas e um poema para chamar de amor.

Alice não estava feliz em sua nova face entalhada. Não se sentia profunda, tão pouco navegável. Ela se perguntou se um dia realmente o fora. Necessitava de afeição, reconhecimento, admiração, mas não estava habituada a comemorar horas partilhadas.

Alice era ímpar, honesta e atrapalhada. Por essa razão costumava ocultar de si mesma sua real identidade. Esquecia dos termos de leal fidelidade quando ela era a garantia nos moldes da cumplicidade. Alice resistia em exaltar suas virtudes, condecorações conquistadas com ações obrigatórias, de quem tem sede em ser continuidade. Por esta razão, às vezes de lado, deixava a sua satisfação, e a alegria como sua estrada. As tardes, suas companheiras também diárias, foram confiadas por alguns dias a uma sincera imobilidade.

Procurou uma linha no horizonte para lhe servir de guia e ilusão. Necessitava de um traço terminando em círculo sua visão. Alice ficou muito tempo determinando esta exatidão e por não estar atenta, esqueceu que de acordo com a estação caiam chuvas sucedendo trovoadas. Alice não prestou atenção à temporada já iniciada. Era inverno outra vez e ele encontrou Alice não albergada. A chuva começou a cair ligeira, desesperada.

Alice apressou os passos e saiu em busca de refúgio em noite fechada. A chuva era incansável e deixava a vista turva em uma noite sem lua, que fugiu do céu por não estar estrelado. Alice olhou ao redor e procurou a presença de um antílope que a levasse de volta para casa. Alice acreditava que os animais a ouviam e vez ou outra atendia aos seus pedidos de vigília e companhia.

Mas ali tudo estava silencioso. Apenas a chuva uivava. Talvez para que a água pudesse ser melhor ouvida em sua descida no início de sua chegada. E ela caia firme em calamidade, enchendo os rios e mares que circundava os espaços em sua capacidade. Tal qual as ilhas de sinceras amizades, os abrigos desmoronavam deixando nuas as ruas e as crateras do chão da cidade.

Alice esperava que as horas passassem apressadas e levassem aquela tempestade. Uma árvore caiu ao longe onde o olhar não enxergava, a água, demasiada, mergulhou pontes e motivos para viver mais uma fria temporada. Alice recolheu suas vestes molhadas e encolheu suas pernas quase congeladas. Fechou os olhos e escolheu um centauro para levá-la às terras áridas, construídas com o calor da sua imaginação. Quando estava exausta, repousou sua cabeça em uma pedra antiga, esculpida em âmbar e resignação, para sua proteção. Seu corpo logo se acostumou ao refúgio encontrado e precisou de mais agasalhos para alojar o frio que a devorava. Alice olhou em volta e encontrou algumas vestes que pareciam estolas, em um canto, abandonadas. Cobriu-se rapidamente e procurou novamente um fio em sua mente que a distanciasse daquele lugar onde sua imaginação não queria mais estar.

Alice dormiu e encontrou Deus.

Capítulo 07
ALICE E ELE

Alice dormiu e sonhou. Quando ela entrou no seu sonho, escolheu ser um anjo. Assim, ela acreditava que estaria mais perto do que é ser celestial. Entrou e abriu as portas do azul, infinito e espacial e decorou a paisagem com hinos de avelã e sons de melodia instrumental. Pensou nos provérbios próprios da sabedoria, rememorou abnegações e produtos da melancolia, pôs em ofício seus sacrifícios de filha de mais de uma cria e encheu-se de coragem e odor de amor próprio como a ocasião pedia. Emplacou um estou ao seu dispor, equivocadamente, antes de outro meio dia.

Alice abriu alguns corredores feitos de chaves e segredos, confessionários escondidos que urdiam em contas do calendário, desmoronando a cada toque de uma verdade esquecida.

Depois da trigésima terceira porta, um raio de sol solitário, abriu uma fresta no céu e ela sentou-se a esperar

Esperou terna e agradecida como uma canção de ninar, enquanto anjos de mães paridas

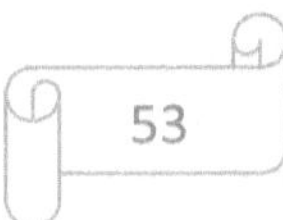

trocavam de roupa em frente ao altar. Ponderou que no céu, assim como na terra, nem tudo fazia sentido. Deveria então ser prudente e paciente, demonstrar sinceridade e cortesia em troca de paz e um pouco de alegria.

Alice rememorou seus atos prudentes, que só ela entendia, suas sobras de tempo dedicada a doentes em discreta honra e ufania. Relembrou as contas dos erros que cometia e alegrou-se com os novos pecados que esqueceu de pôr em dia.

Enquanto o dia passava, ela sentia como se estivesse em sua própria casa. Uma sensação de paz, aquietava sua alma, guardando as chamas incansáveis de sua alma. Alice de fato gostaria de compreender a essência de seu ser, quase sempre protegido em um corpo tarso, como se fosse um alguém a quem a existência hospeda, em sua jornada rarefeita, como se tudo pudesse acabar a todo instante.

Alice também estava aflita para assinalar sua presença com sinais de gratidão. Esperava ser entendida com clareza, exatidão. Expressaria seus sentimentos de modo claro, evidente, não pretendia demorar, precisava ser concisa, forte, inteligente.

À custa de boas ações espalhadas como sêmen em terras de Abraão, Alice procurava um verbo mais proeminente para usar com o redentor na esperança de custódia para suas proezas de horror, graças ao seu apurado humor.

Esse lugar de sonho, onde os desejos não passavam por triagens de bom senso e pudor, estava ácido e vespertino, tal qual tristeza em velhos morrendo desde meninos.

Alice abriu uma janela ainda esperando seu criador. Um surdo tocava ao longe entre trombetas de festejo e jejum, anunciando a passagem das vestes brancas em uma passarela de esplendor.

Alice tocou o sino, avisando de sua chegada e ouviu um não entre, estou ocupado, faça o favor. Ela argumentou que fora longa sua viagem e em resignação, suplicou. Alice o ouviu dizer que procurava alguém para ocupar o seu lugar de criador.

Sim, Alice enfim o encontrou. Ela encontrou deus, deitado, angustiado. Seu olhar profundo em sua face plana, a olhava em tristeza, desolado.

Uma árvore, como no princípio, os dividia em noite e dia. Seu cheiro brando, verde, era do mato e suas palavras eram do tempo, seu melhor invento, um aprendizado. Alice o ouviu falar sobre dinheiro. Disse-lhe ter encontrado seu valor em cédulas canibais. Deus lia jornais e mostrou para Alice anúncios de seus corpos transformados em meros genitais.

Ele lhe disse ouvir mães chorando, procurando paz. E perguntou quem seria o pai do órfão, ariano abandonado. Alice lhe jogou um dado, na roleta do palco representado. Ela lhe contou sua estória de figurante ignorada. Deus a olhou sem piedade e ensinou-lhe que esquecer servia apenas para não lembrar mais, e que certos fatos, com a idade, deveriam ser devorados. Ou abandonados.

Deus não ouvia direito, estava do outro lado da linha, por certo, ocupado. Alice lhe entregou suas memórias e trocou suas esperanças por alguns trocados.

Alice também foi plateia de um deus gordo, fatigado. Ele disse ter vivido em dias já vencidos onde o passado havia sido escolhido para ser sacrificado.

Alice o viu em alerta em estado total de inércia. Revisava queixumes sem pressa e trocava as paredes do céu por um espaço mais aberto, sem véu. Alice o viu dividir o pão em um dia para todos pararem de reclamar. Deus dividia e multiplicava e não sobrava nada.

Deus segurou suas mãos e juntos escreveram um pai nosso de sorte. E cheia de paz, com duas faces iguais, Alice desceu a imensidão da mansão das graças dos mortos até nunca mais.

As mãos de deus eram leves e ordeiras e seus sentidos falhavam com excesso de luz e sobriedade. Ele falou muitas coisas. Alice as registrava em volumes feitos de versículos, todos numerados em pecados digitais. Contou segredos gerados de pacto selado entre a morte e a mentira de viver com alguém sempre lado a lado.

Deus lhe abriu as portas do céu, mas estava nublado. Não havia sol, azul ou sonho encantado. Havia punhos, cerrados, engatilhados, gente fedida, gente do fim da vida, sem salvação, amontoados.

Alice chorou dentro do céu. Lá não havia música, era feio e tudo estava apagado. Não tinha arranha-céu, nem anjo, nem Gabriel. Deus se afastou e escolheu uma montanha para refazer as paisagens consumidas pelo papel.

Deus sabia cantar e ofereceu-lhe um café. Relembrou a criação, a água, a traição da mãe do irmão e molhou o canto dos anjos com gosto de mel. Deus tomava cuidado e insistia no coração sagrado para a fé.

Deus era um corvo distinto, mal-humorado, vigiava suas obras aflito, ressabiado. Reclamava em voz alta, jogava as conversas fora, em dicionário ultrapassado. Deus era deus. Pronto, acabado.

Alice olhou para o relógio e percebeu que o tempo estava em espera para organizar as próximas sete horas.

Quando o ponteiro chegou no terço quarto de hora, Alice cansou a demora e resolveu do céu voltar.

Ela decidiu alugar o descanso de Orfeu até poder se acomodar, não queria sentir o medo de precisar acordar.

Alice também não esqueceu que estava em um sonho e que as imagens e seus significados poderiam ser apenas os desejos ansiados de quem nele entrou. Não perderia a linha, imaginando miragens de santos, pássaros ou padrastos ou de quem os domesticou. Procuraria entender as razões pelas quais ali chegou.

Alice cruzou as entranhas sobrepostas entre as falanges, para voltar e abotoar a porta posta distante. Precisava passar e dessa maneira, dedicadamente inspirada, Alice desceu da matéria sacra e inspirada por Dante. Depois de alguns lapsos de longos segundos, ela prostrou-se depois das portas do fogo a crepitar ante as defesas casas em número de três, logo adiante.

Cruzaria a passagem indiscreta, usurparia as vestes claras da pureza e conheceria o que só a mente, algumas vezes, lhe permitia fazer. Levaria consigo as promessas de remissões e compromissos de contemplação, quando fosse possível a tristeza esquecer.

Rimando sua fé com as estrelas do altar primeiro, Alice pode ouvir seu canto, agora para seu espanto, antes que seu pranto fosse o primeiro a expiar suas faltas.

Alice encontrou semelhança com sua floresta, sua própria reserva, passeios de cotidiano em sua vida vespertina, e como se sentia sã, audaz e esperta, entoou uma canção enquanto outras noventa e nove ficaram de espera em notas aguadas como dor em primeira solidão. Alice desfilou em brasas, ombreiras do comendador, daquele que autuava quem de verdade tivesse pudor, fingindo ser amor.

Alice era graça, puro esplendor. Mas mantinha as asas fechadas como os segredos do inventor da criação. Um salvador? Ou um cântaro no coração? Ela andou e voltou ao sul do equador, e como pássaro sobre o mar, abriu os braços delgados perto das margens prateadas que a noite abotoou. Era assim o pensar de Alice: infinito mergulhar para além do fim do fim que o imaginar criou.

Depois de algum tempo a fome voltou.

Alice realinhou a sequência das horas para esperar que a demora esquecesse a vigília de seus dias.

Alice olhou para os pássaros debaixo do céu.

Alice seguiu seu caminho. Às vezes ficava exausta, em outras enfrentava seu destino.

Destino. Quase sempre indisponível ele foge do lugar comum construindo o inesperado. Esse lugar disponível e incerto estava ao seu dispor.

Em raras ocasiões Alice pôde somar tantas opções. Havia o luxo e a sensibilidade, a dúvida e a assertividade ceifada, e a morte para ser lamentada. As duas estabelecem seus critérios como contas fechadas com os mesmos números e participantes. Certezas, só as concretas, as dúvidas, todas despertas.

Capítulo 08

O OUTRO LADO DO VÉU

Agora um novo destino salta da porta: aquele lugar era lúgubre e estava em festa. Alice olhou melhor onde chegou: um imenso quadrado esculpido no meio de outra floresta, porém, virgem e infecta. Aberrações em alta, paredes encardidas, espaço submerso numa esquecida avenida.

Alice chegou cedo. Ao meio dia tocou a campainha. Foi recebida com salva de palmas pancadas. Uma longa escadaria estendeu-se a sua frente, por certo, estava sendo esperada.

Mulheres pintadas de ouro, às gargalhadas, ofereciam-se como guias, escravas ou namoradas. Seus olhos de nojo cuspiam risadas saídas à força das bocas rasgadas. Uma mesa em ofertório foi posta e requentada. Alice aceitou, disse obrigada e ofereceu com fervor seu marasmo em longas tragadas. Era comer com os olhos, guardar as vontades e bater em retirada.

Em cima do quadrado, congelado em um telão, um espírito desbotado. Estava lá há muitos anos a lembrar aos habitantes o inimigo primeiro. O paraíso era apenas ideologia, uma insólita apologia feita por um condenado, um forasteiro sem expressão que doou as faces que podia, os restos de pão e serventia e em estelar celebração foi expulso em cerimônia em uma sexta -feira de um dia, feriado de uma paixão.

Do outro lado, atrás da pia, Alice avistou Pôncio Pilatos que descansava em sua banheira. Lavava-se noite e dia. Alice, curiosa, mal acreditava ser Pilatos que em agonia tinha um tique nervoso do qual dependia: enxugava as mãos com obscena euforia quando seu coração batia por estar excitado quando havia aglomeração ou alguma alforria.

Estava quase se acostumando com aquela geografia, quando   foi convidada a se apresentar. Alice precisava rapidamente se maquiar e demonstrar suas intenções de permanência ou se só queria a cena fotografar. Mas não houve tempo já que este esteve atento ao próximo segundo a passar. Em seguida, Alice de longe, assistiu algo espetacular: um ícone obeso arrotava em seu trono, dando   ordens para todo mundo enquanto ateava fogo em uma lareira gigante onde ardiam almas infames, mulheres apedrejadas e crianças aleijadas.

Alice estava contente. Conhecia agora a sensação alucinante de se deixar ser contagiada nas raras vezes em que se permitia viajar por entre seus lumes no frio da madrugada. Ela   podia sentir o êxtase e uma espécie de entusiasmo beligerante.

Pensou consigo mesma que nem mesmo Dante poderia conceber um inferno tão excitante!

A criatura do trono pediu silêncio com um aceno, cruzou as mãos sobre a pança e fez trazer um prisioneiro. Alice percebeu que o momento era importante. Talvez um mal-entendido desfeito seria ligeiro para a continuidade de seu dia alvissareiro ou uma pobre alma, aflita em vícios e lembranças que não cessavam ou quem sabe a falta que um corpo quente á terra voltava.

O homem em questão, inquirido em suas palavras, procurava a etimologia de suas sílabas que não se encontravam. Com cachaça e sangria, declarou que era um repórter em ascensão e que procurava uma matéria que lhe rendesse fama e muita ostentação. De onde viera todas as mazelas eram irmãs e que escândalos agora faziam parte de uma comunidade onde lei era traição. Ouvira falar do inferno e por este motivo voou de primeira classe, aflito e ansioso para desvendar os mistérios daquela nação. Disse ter trazido açúcar e um pouco de osso para fermentar a crença de um novo modo de enxergar sem ver, de trocar a fome por morte e um engano, cada vez que um álibi compra um poder.

Alice estava incrédula! Por alguns minutos pensou um segundo na defesa do dileto prisioneiro. Ele era inocente, qualquer um poderia ver!!! Ponderou, boquiaberta, que aquela oportunidade era uma rara ocasião para sair de si mesma e distrair sua observação que estava sempre correta, tal qual um corpo coberto pela ira escondida em tempos de vida sofrida por quem não lhe ama mais.

Alice reparou na arquibancada que rangia. Urravam uma sentença proferida à revelia, cenas de comédia, tragédia fria, uma torcida sedenta que pagava para ouvir e maldizer as palavras nobres do interlocutor.

O homem em frente ao seu próximo matador elogiou a recepção, o bom gosto musical, a carnificina e a decoração e que pretendia, sem dúvida, relatar os fatos com total imparcialidade e podridão, que seria interessante para o rei do quadrado, compor uma imagem mais discreta, sem vícios ou devassidão.

Alice pronta estava para contestar tamanha obviedade. Evidentes estavam as razões postas à prova. Mas outra vez veio o tempo oferecendo suas pausas enquanto o povo bradava.

O repórter começou.

Seu discurso comedido, procurava convencimento usando as palavras compostas de um telespectador viciado em cenas de terror.

As cenas passadas na tela repetiam a vida ao vivo na vida de cada telespectador.

Enquanto o letrado falava, o dono do trono arrotava e recebia em ereção uma mulher atleta que tinha como missão multiplicar sua produção. Os partos feitos de véspera faziam filhos às pressas que saiam pelo ladrão. Crias às avessas, montavam seus próprios membros enquanto passavam pelo portão.

A plateia abria as palmas em mãos, regurgitava a estampada verdade aberta na prosa do orador, e os presentes pediam, pediam por mais vidros quebrados nas vitrines da arena que queimavam desejos angelicais e perdões de para sempre, até nunca mais!

Nesse momento Alice entrou no pensamento do arcanjo maldito: seria aquele visitante um retirante que deus não criou? Foi lhe concedida a graça de entrar em sua casa, comer e morrer de graça e agora o suposto orador com ares de senhor tentava lhe impor um modo mais convincente de conduzir sua mundície?

Alice gostava do espetáculo, um gênesis inovador, e com um cálice quente saboreou suas próprias entranhas como se fosse um brinde que acompanha a celebração do matador. O dono do trono levantou e em um estrondo ensurdecedor extirpou os seios das virgens em devaneio, afastou o sagrado do seu manto e lhe jogou uma mágoa de mãe abandonada: seria jogado às dúvidas, às masmorras das traças do amor, viveria nos dias de luto e ainda que a calma acalentasse sua angústia, estaria condenado a não esquecer o rosto de quem um dia lhe abandonou.

Alice chorou. E testemunhou quando o solo se retirou e a nação dos irmãos por ele entrou. Todos agora em prece e procissão andavam às claras à procura da primeira criatura que trocasse o medo por um pouco de asco ou um ar libertador.

Enquanto o caminho se aproximava, passaram por deus distribuindo panfletos, anunciando um novo invento: o crucifixo inteligente que perdoa as intenções e transforma o pecado em mera consequência. Avistaram de longe Lutero, cético e eclético que procurava em sua fé um caminho para a verdade que passasse rapidamente no limite do céu da cidade.

O visitante assustado, neste cortejo organizado, ainda ponderou com sabedoria que se amenizassem seus castigos poderia lhe presentear com segredos de alquimia, ou um conhecimento similar, ou quem sabe também anexaria um viver antes das trevas que o sol jamais iluminaria. O homem do trono retrucou que repórteres escreviam, mas não liam. Suas matérias eram tendenciosas e apenas palavras nada lhe garantiam. Alice considerava oportuna uma rápida intervenção, talvez um dever em formação.

Nada parecia dar certo e sem mediador o dono do trono por último ofereceu uma prenda ao seu já morto interlocutor: ofereceu-lhe então um cargo de assistente, revisor de purgatório e alguns mimos de entrada: sete planetas com estada, sem Virgílio, Dante, nem nada para lhe fazer mais difícil sua vida mal avaliada. Por último, um bônus que oferecia vantagens de vida longa e folga todo dia. Sempre ao meio dia.

O visitante neste ponto vislumbrou grandes possibilidades. A terra de qualquer forma, um dia dormiria...! Reviu os termos do acordo e dado como acabado acrescentou um inciso a mais com a devida qualidade: seria seu assessor e faria um plano diretor divisor de todas as águas!

Só não revelou que na primeira oportunidade como apraz a oportunidade, destruiria seu trono e alcançaria o estrelato sob a ribalta do céu da cidade.

Tapete feito na rede, vermelho em seda para expor, o mundo teria um repórter como governador.

Mas o diabo é sempre o diabo e Alice avisar ainda tentou. Eis que o tempo não deu as caras para prolongar um momento a mais ou para negociar com mais argumentos e outra vez, o tempo expirou. Dessa forma o senhor feito rei adivinhou a intenção do astuto candidato: sem desculpas um distrato realizou. Em seguida, removeu sua máscara e em seu trono outra vez sentou. Para assegurar sua tranquilidade e com a costumeira iniquidade o repórter, degolou.

Saboreou-lhe com fervor, prazer e salmão no prato. Cravou seus ossos no abecedário que trazia em tiras frias sua tenaz teoria: Ama-me só até onde posso deixar tua alma minha. Não atrapalhes meus planos que razão por razão, troquei a minha por um pouco de argúcia e carne fria.

Fim do ato, aplauso em abstrato. A claque não falhou. Mais um dia passou, o perdão não vingou e como já era esperado houve um final sem louvor.

Alice entrou e viu a floresta.

Alice mal acreditava e estava contente.

Alice estava curiosa e acostumada com o silêncio.

Ela viu as escadarias e ouviu gargalhadas das mulheres pintadas.

Alice viu as crias e guardou as vontades.

Alice avistou o quadrado e percebeu que Pilatos não estava congelado.

Alice assistiu e reparou na arquibancada quando ela rangia e o povo urrava.

Alice estava incrédula, mas estava contente. Ia contestar, mas o arcanjo falou.

Alice chorou, mas gostava do espetáculo.

Alice ouviu o visitante que implorou.

Mas calou.

Testemunhou um diálogo sem mediador.

Alice presenciou quando o verbo se fez ato, mas não se importou.

Alice pensou nas vantagens que o diabo ofereceu.

Ela foi cruel como o sonho que lhe acordou.

Foi apenas mais um véu quando o aplauso acabou.

Alice não sabia.

Sua cortina baixou e Alice mais uma vez de si mesma se apoderou.

Coxias expostas.

Cenário desarmado.

Um refletor falhou.

Alice acordou.

Capítulo 09

DESTINO

Não tinha muita certeza, provavelmente era entardecer. Àquela hora quase tudo era vermelho e essa certeza lhe assustou. De algum modo Alice passou dos dias e um novo calendário dos tempos a temporada inaugurou.

Alice estava cansada e faminta. Acordou plantada no meio de uma árvore sob um vento forte e cruzes se removendo de covas em covas, em orações de louvor. Alice girou assombrada, mas em que lugar ela parou? Se perguntava. E antes que os ecos das respostas chegassem, Alice empreendeu uma forte caminhada. Precisava andar rápido, a qualquer momento uma nova avalanche poderia acontecer.

Alice desenterrou seu pé da terra, estratégia usada para não desaparecer nas tempestades e seguiu em frente. Uma música ouvida como salmo de penitente, em seu cérebro arrebentou. Alice entrava com as mãos sobre a cabeça que crescia onde começavam os dentes e urrou. Arrancou um troço mole, pegajoso e cheio de pernas de seu pescoço: era um escorpião, feliz sobrevivente que matava e alimentava como pecado depois do louvor.

Alice caiu e no chão de argila regurgitou. Esperou um tempo, sem compreender ainda onde estava. Em seguida, levantou. Levantou e percebeu que seu corpo estava ainda mais pesado. Era o preço do descanso. Naquele lugar não havia tempo para negociar, toda vez que ela dormia seu corpo ganhava pedras e crescia sem parar. Já tinha doze metros de altura, sentia-se esmagada pelo peso do concreto e sua porção animal havia chegado ao ápice. Não aguentaria mais por muito tempo, pensou.

Lembrou o dia do juízo final: foi tudo tão rápido e inexplicavelmente fatal que mal teve tempo de ver a cor do clarão que explodiu o planeta em grande final.

Um deus bêbado esqueceu a chave de sua casa e na contramão em pleno universo, bateu contra as estrelas, caindo na terra. Foi um encontro mortal.

Alice revia agora em breve espaço entre a pressa e a lentidão, quando lembrou os termos da vida e da morte um dia antes do seguinte fim de sorte.

Foi naquele dia único e cinza como fuligem soprada em luto cinza de festa, que todos os homens de negócios esqueceram suas ações, pediram em vão perdões trocados por bônus de boa morte e ofereceram ao deus ferido todos os seus bens e seus talentos aprendidos em seus ofícios para que pudessem escapar do dia seguinte, previsto, em um abrigo à prova de má sorte.

Mas não deu certo. O deus era hippie, não era materialista e gostava de carnaval. Tudo o que ele queria era uma nova inspiração para criação de uma lei universal. Algo assim brilhante que agradasse ao bem e também ao mal. E por essa razão, sentou-se no ponto mais alto da terra em frente aos oceanos e comemorou a destruição.

Alice movia as memórias dos lugares que as lembranças traziam, e sentia novamente na pele a aflição daquele dia. Alice sofreu como as mães, as donas do amor incondicional, quando ofereceram metade de seus filhos, e assistiu atores que ofereceram todo o seu brilho para evitar o terrível final. Até a vaidade se pronunciou em réplica ao apelo singelo do bom senso e disse que dali em diante se dobraria a ser apenas um mero escárnio pessoal. Os veículos de comunicação concederiam uma assessoria total para mediar com a imaginação e destreza esse grave problema relacional.

Mas o Deus foi indiferente e solitário. Ele apenas procurou uma poesia que retratasse seu estado de consternação. Definitivamente, ele também estava mal.

Alice relembrou cada quadro da encenação quando religiosos, oradores de profissão, reunidos desde então, tentaram uma explicação. Talvez tudo não passasse de uma pane espiritual. Um desvio de personalidade, uma exaustão celestial ou apenas uma ressaca de um deus ocasional. Precisavam de uma prece, uma eficaz oração, poderia ser de ave maria, de pai nosso ou rainha santa da sé, um pedido que fosse sincero, feito direto em comunhão. Necessário se fazia em tempo recorde, por fim unir todos os credos e até aqueles a quem a fé não lhe apetecia.

Mas, para nada, como nada se resolvia, então, entre o medo e a indecisão, num segundo atônito, mudo, incandescente, a terra partiu-se, quase completa, restante alguns poucos indigentes, restos feitos de gente, que tentavam bravamente encontrar outra roda, a auréola original para empreender um novo começo para um final sem final.

Agora Alice estava petrificada, a medusa doente, para si, olhada. Precisava encontrar o deus alcoólatra. Não podia perder mais tempo.

Alice estava enternecida com as lembranças e quando isto acontecia seu corpo chorava larvas azuis, seu coração recomeçava a bater e o cheiro do que um dia havia sido humano atraia os insetos, senhores agora absolutos daquele imenso deserto vermelho.

Alice então precisava de um ato bárbaro, qualquer ação repugnante para afastar vestígios de qualquer contemplação interna que gerasse ternura. E num gesto miserável, apunhalou seu próprio olho para enfrentar as feras da noite. Gemeu timidamente. Era novamente uma amorfa criatura, morrendo às vésperas da retaliação. Sim, porque havia um consenso entre as bestas-feras em extinção: explodiriam o deus em uma grande orgia se o encontrassem. Ele era mentiroso, viciado no próprio ópio do poder, um *Prometeu* que as promessas não cumpriu, tampouco as respeitou. Sua validade, acabou.

Estava quase tudo pronto e Alice se desesperava porque andava se arrastando e suas pernas toneladas pesavam. Assim como um pesadelo, que o corpo não modelava de acordo com a necessidade, Alice não conseguia encontrar a saída do lugar que procurava. Ela ouviu dizer que outra vez o final se aproximava, que seria na próxima aurora que afundariam o velho deus em remorsos, esperavam encontrá-lo depois de séculos de procura.

Mas, quando todos para ele apontavam e os alvos com orgulho se empertigavam, eis que de repente, numa visão confusa avistaram Noé, agora jovem e carnívoro! Ele parecia desprovido de princípios e seco de fé, levando deus de pé, vivo, altruísta, desdenhando das feras, fúrias tragadas de uma realidade vista, revelando-se apenas o espelho daqueles que o procuram

Deus dava, como sempre, a palavra final: Sou somente tua imagem e semelhança, pobres criaturas.

Alice, fechou as páginas do livro imaginadas. Guardou as emoções vividas outrora. Fez anotações em seu diário do que dizia àquela hora.

Antes, porém, guardou suas pedras, souvenir para outras obras.

Fechou a janela por onde escaparam seus sonhos, outra vez àquela mesma hora.

Alice tinha um destino, provavelmente ao entardecer.

Alice empreendeu uma caminhada e estava faminta.

Alice caiu sem parar. Ela já tinha doze metros.

Alice estava esmagada.

Alice girou em pleno universo.

Deus era hippie. E gostava de carnaval.

Alice precisava de um ato bárbaro às vésperas da retaliação.

Ela ouviu dizer que o final se aproximava.

Deus fechou as páginas do livro.

E das janelas imaginadas.

Capítulo 10

UM DIA DEPOIS DO OUTRO

Alice passeava sobre rodas em gerúndio tempo, construção constante de mais instantes, produção em massa de cada minuto que passa. Cumprindo as rotas do destino o futuro se esgueirava para fazer o que estava por vir.

Alice apreciava o tempo marcando a sina elaborada. Ela procurava um *hogar* para deitar quando estivesse cansada.

Uma Alice volátil, ora sim, ora não, priorizava a própria enfermidade de viver dentro da razão.

Alice tinha um canto dentro de si que a guardava. Era um albergue criado com esmero por experiências passadas. Ele abria as janelas do caminho certo toda vez que ela errava.

Ela se perguntava: por que o medo não a enlouquecia? Havia sim, e ela sabia, esse lugar suspenso ali dentro, quase no fim.

Neste recinto, Alice circulava indivisível nos dias de tristeza e fim. Era presa enferma enraizada, sobrevivendo à culpa e à dor que a mutilava quando caia em si, como apenas uma Alice sobrecarregada.

Alice bailava em fortuito hiato entre o tempo e a compreensão, armando as teias da imaginação como alimento de sua mais sofrida emoção.

Ela juntou uma parte de sua infância roubada, um pouco de afeto, solidão multiplicada e reduzia tudo à luta para atravessar longas jornadas.

Alice avistou em uma tela, imagens retocadas agora em sons e palpitações de quem já viveu o tempo escondido no mofo da tristeza, doce adorno de seus infortúnios, delírio e deserto de suas dores noturnas.

Alice passeou, avistou, revisitou e tocou a enigmática passagem do tempo, que mesmo morto, não pode ser velado.

Alice adiantava seu relógio das horas para avançar nas descobertas realizadas. Era um meio de assegurar seu controle sobre a matéria humana que seu corpo guardava.

Naquele solo impreciso, de pés debaixo do muro, Alice sentia fome de meio em meio dia. O próximo instante, nem sempre ela escolhia. O tempo, um termo solitário, vivido na confecção de todas as horas, todo dia. O mesmo que viajava pelas dimensões do seu encanto, pelas estrelas e os mistérios do firmamento, também sempre foi essa incógnita que a tudo partia. E dividia, e afastava, como um sonho que desperta depois do desejo esquecido.

Parcas promessas de aluguel de caridade, cada face uma peculiaridade, esfinge cobrada para ser lacrada. Assim Alice descrevia seu olhar no fim de cada dia: um descuido e tudo esmorecia. Cada acalanto Alice pretendia como uma mãe que escolhe a homilia de cada sinistro meio dia.

Há muito que Alice pretendia compreender os segredos das alturas do pensamento, dogmas imperfeitos à sombra da circunspeção que o mantinha. O que separa as promessas não passam de remissão daquilo que a afligia.

Alice não desistiria. Ainda não. Obstinada, rejeitava a rendição. Nenhuma força poderia ser tão inimiga quanto sua covardia. Resistiria. Como as vestes que do corpo não se perdiam, como a voz que aos poucos ressoaria, como o sorriso que devagar, voltaria. Seu triunfo estava em ser quem seria. Cada esforço certamente acenderia uma chama de vida, uma oração perdida em terços chorados de noite e de dia. Precisava acreditar em tudo isso, caso contrário, perderia a própria face, ficaria sem olhos, sem uma mentira sensata que a sua boca negasse.

Alice sentia-se incompleta. Quase um perfume sem dor. Quase uma dor sem ninguém para chorar.

Capítulo 11

O DIA QUE CONTINUA

Os dias continuaram passando. Como sempre, não se importou com quem ficou para trás. Nada. Nenhuma paixão, nenhum amor ou morte o incomodou. Alguém sozinho, alguém que a sorte abandonou? Que elas encontrassem a própria sina! O amor? Ele que abra todas as portas e leia as verdades ditas pelos poetas! E os poetas? Esses teriam que esperar alguém novo, morto, em torpor, refazendo feridas, encontrando novas rimas, alguns velhos versos de mais um louco trovador!

Ademais, teriam que se render apenas à carne, esta que enfim, abre as verdadeiras portas do céu, sem precisar descer ao seu estreito e mortal compromisso de "para sempre", afinal. Esse escombro do bem, lugar letal das sombras que circundam a verdade e alimentam o amor mau.

Alice se divertia e esse evento em sua edição de um novo dia, inaugurava um passado de que lembrar e as penas, realmente, talvez valessem cada arrependimento.

Alice sempre sonhou em ser inspiração, um sonho, uma melodia, mas aprendeu que

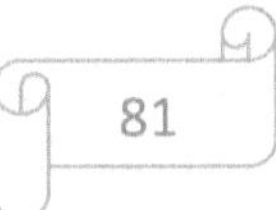

criações só existiam quando   próprias e que ninguém mais, além dela mesma, nasceria.

Naquele momento ela pode finalmente sorver o gosto de uma vida que não existisse somente em serventia. Sua escravidão lhe subtraia do paladar, seu deleite pela vida, esse presente guardado em prateleiras frias de saudades e do azul das idades que se manchavam com o passar das horas já passadas.

Dia do sol, espectro maior, Alice não precisava naquele lugar traçar o mesmo caminho de *Beatriz* e escolheu não absorver, não engendrar uma filosofia particular. Alice percebeu que seu futuro seria sempre difícil e que ele se prolongaria muito além de suas forças, se o tempo deixasse.

Alice era a estrela ascendente daquele céu. Sem subterfúgios, pedidos ou explicações, debaixo de algum véu emprestado de neve, ela vivia para sempre sendo senhora da sua noite, sua própria aurora.

Seu corpo dançava as sobras do amor, suas mãos ficavam presas no ar esperando uma sintonia para dançar. Sua voz era um sopro pequeno, como os passos de uma tímida dança que o solo alcança.

Então Alice começou a voar. A bailar dentro do seu encanto, a buscar notas no surdo piano! Ela resolveu querer viver!

Alice enfim violava o princípio da resistência de um corpo morto em parto de alguém que não vai mais embora! Não chorava mais a morte do luto de estar enterrada e consciente sob a própria luz e por todos e por ela, esquecida, apagada.

Alice sobreviveu ao anoitecer da vitória, dividida agora em ser ou não conhecer, em estar ou parecer. Alice era outra uma vida inteira e não apenas por estar de pé, ente com outras vítimas, filhas da carpideira, mas porque agarrou um facho de luz sorrateiro que posou sobrea a sua doce face durante um dia inteiro.

Alice compreendeu que suplantar sua chance de estar entre os vivos talvez fosse parte da comédia ensaiada em sonhos enquanto lavava seu corpo ávido, sedento de vinho, de sexo, de revelia.

Alice ressurgia dos mortos enquanto se alimentava de mais uma possibilidade, mesmo que para isso tivesse que pôr fim à vida de seu próximo dia. Alice queria viver. Rejuvenescer não podia, já que o tempo não perdoava o passar do relógio. Seus honorários são caros, se desfazem enquanto as palavras falam, o vento acende a lenha e as coisas cobram seu lugar. Ainda que invioláveis, as ideias de fato logo fugiam antes que Alice pudesse lhes criar um significado.

Alice levantou a questão de ser apenas perguntas enquanto as respostas não apareciam.

Agora onde estava não precisava de esforço para se certificar que existia. Compreender era uma alternativa no desempenho e não uma rígida norma para sua aprovação.

Aos poucos...Alice voltou.

Capítulo 12

EM VIGÍLIA

Alice acordou, outra vez, do mesmo modo que sonhou. Estava gelada, ávida para compreender mais este sonho enigmático, cheio passagens pelos seus desejos e tons de mau olor. Alice costumava pensar que os sonhos são fugas, quase sempre eficazes, das vontades não satisfeitas e compreendidas pela metade. Mas ela tinha pressa em acordar e deixar os significados para lá.

Apesar de dissabores, Alice gostava de acordar, de sobreviver às noites e à solidão dos dias acabados. A casa estava em silêncio e Alice comemorou. Tomou café regado com música e janela aberta, abriu todas as venezianas da casa, agora desperta. Alice acompanhou o ritmo da música, como se houvesse festa. Sua melhor companhia era a chegada do sol pela casa aberta.

A casa de Alice mudava de lugar para entender a luz do dia. Alice definitivamente acordou feliz. Entregou-se ao canto dos pássaros mesmo antes do meio dia.

Desenhou as cores da manhã com seu olhar alerta. Brincou com as pedras do caminho que a levaram à floresta. Alice gostava dos bichos, os preguiçosos, de preferência. Dizia que eles tinham mais tempo para viver a experiência.

Ela também amava as águas sempre fazendo correntes, em regatos, rios ou mágoas, de acordo com os resultados dos fatos oriundos da sobrevivência.

Mas Alice compreendeu que poderia transformar. Como um estalo de elucubração, um sentido chamado intuição, às vezes era possível viver a mutação. Um vale para caminhar, um odor para sentir, um pássaro com quem cantar e com muito tato, uma pessoa para conversar. Alice não era Alice à toa. Era uma primavera para esperar. As flores não vão nascer por acaso, pensava, então ela sentia que também poderia mudar.

Seu espelho matinal reluzia quase igual ao frescor sentido pela passagem do vento em mais esse dia. Enfim, mais um que não se desfazia, menos um longe da pouca alegria. Dias esses raros, como ratos em telhados de casas sem dono. Apenas um mérito do acaso.

Alcançar o estrelato da satisfação, um prazer aqui outro acolá! Alice definitivamente estava apta a despertar. Quem sabe um amor de verdade para abraçar, um filho para guiar ou quem sabe uma descoberta, algo novo, espetacular.

Existia só um problema: Alice estava só e suas mãos, como pedras geladas, não encontravam outras para embalar. Alice pegou seu reflexo na fresta da janela, como sempre fazia para pensar, e olhou por detrás do olhar dela, para ela. Procurou um espectro, uma luz para clarear.

Alice caia sempre em si. Depois de um tempo, Alice sempre encontrava Alice e à casa da Alice invisível retornava. Como um fim de um poema, ela terminava. Sempre cândida, porém, machucada. Sempre mansa, porém arrebatada. Alice se encontrava em sua própria prisão de voltar ao lar, refúgio de sua prisão.

Alice gostava de acordar.

Ela mudava de lugar e desenhou as cores.

Alice tomou café pela casa aberta.

Alice mudava de lugar fazendo correntes.

Alice não era Alice.

Alice pensava alto e era lírica.

Alice olhou para ela.

Alice não encontrava mãos para embalar.

Alice queria encontrar o estrelato.

Um aqui, outro acolá.

Ela era mansa em sua própria prisão.

Alice terminava cândida, mas voltava para sua prisão.

Capítulo 13
NO OUTRO DIA

Alice às vezes pensava alto e gritava um grito fino, fazendo-se de arauto que pretendia ser o autor da peça no fim do ato. Alice fingia que ouvia flauta quando se despia na casa daqueles que o sangue a eles a unia, trancada a sete chaves de quem arma e aponta a flecha para outro alvo. Era assim que Alice se sentia quando precisava crer que existia, que não era uma mobília, uma coisa deixada de lado.

Alice pensava alto, fingia, despia-se, sentia, existia, não era mobília. Era lírica. Uma poesia refinada guardada para ser recitada ao primeiro amor. Universal como a saudade e fatal como a solidão depois do término do amor, Alice era um ato de arte, sem compreensão para os olhos do espectador.

Todos os dias Alice explodia. A sua dispersão era uma boa garantia para manter preservada sua humana edição. Alice amenizava palavras, evitava os mal-entendidos como uma mãe que amava o filho que a matava por falta de amor.

Alice rezava. Como uma crente, acreditava no reino infinito depois do fim, do engano fatal do verbo em pessoa por terceiros conjugados. Alice também construía vontades sinceras, na força da intenção, como aquelas lançadas às flores secas, inauguradas quando a primavera tem fim. Alice era uma ideia bem arquitetada para evitar muitos erros e alguns danos. Alice acreditava em terceiros, em verbo e em tiros alvejados por engano.

Alice jamais cansava. Como uma gazela em dia virginal, Alice bailava ao som ocasional de rouxinóis e curiós encantados que surgiam na passarela da sua floresta das manhãs dos dias mais sutis.

Com suas mãos longas e plumas de cetim Alice tocava a folhagem que se exibia para sua passagem. Alice também existia para testemunhar o que ninguém mais sabia: que a lógica era variável, que as cores se escondiam em dias de marfim e que a prosa escolhia a poesia quando o verso se confundia. Alice não cansava, bailava, andava em passarelas encantadas e tocava a folhagem com os colibris. Alice testemunhava, entendia a lógica, vivia dias de marfim e entendia de prosa.

Alice precisava de pares, conjugações elementares, para ser do conjunto, a obra, e que fosse nascida em constelações, ditas familiares, que não fosse extirpada dos laços da necessidade de um amor verdadeiro, jorrado durante o dia inteiro.

Queria um alento, um sussurro bendito, dito quente em noites de lua.

Alice herdou sim, a carência e também a idade de ser feita de ouro, filha do arlequim, filha feita sem obreiro, a vontade de ser mais do que deveria, adepta dos motivos dos desejos. Esses últimos, queridos como nojos, enfeitados de argumentos para justificar a digesta imprudência de ouvir seu eco dentro de si, no fundo do poço. Que este seja seu picadeiro, enfim.

Alice tinha lampejos de decência para desfalecer antes da palavra que põe fim à vida dos outros e prolonga a sua, própria atividade de que dá ultimatos em fins de linha em troca de suspiros de madrugada.

Alice parecia honrosa, cheia de cuidados como se fosse lazer. Alice ameaçava o canto do mar, em ondas naufragadas. Aquelas mesmas que respondiam à sus inusitada imensidão de enxergar sem entender a própria imaginação.

Alice tinha duas ilhas em seu coração. Com uma, abreviava sua vida em mortes de amanhecer sozinha. A outra lamentava o infortúnio de estar acordada em mais uma madrugada com fantasmas, acompanhada.

Dos ateus filhos de deus, Alice prezava a origem de Zeus, aliciava anjos feitos estátuas em sinal de sua proteção em casas pintadas com dedos de mãos arrancadas, presentes em caixas de cruzes feitas de coroas, crucificadas.

Alice erguia os punhos uma vez em cada dia e meio. Chamava para si a perfeição quando bradava aos inimigos seus que gargalhassem mais perto da agonia dos corpos já decepados. Eles eram sempre os mais chegados, cheios de adeus, abraços apertados e malhas de fumaça e muito obrigado.

Eram eles seus parentes diligentes, falsos galileus em terras bem conhecidas, tomadas à foice, faca e canhão. Suas janelas também estavam em sua casa, arquitetura em comum nas paredes de seus quartos, jaulas quadradas que emolduravam cada um em sua viril carcaça.

As caras viradas daqueles que a conheciam não tinham a gentileza de simular indiferença. Então, pensou, talvez estivessem com ela os problemas de convivência. Apesar de astuta, Alice não poderia vestir o corpo ou estar no lugar de quem lhe desejava felicidade ou que ela fosse indesejada. Esse outro, lacaniano em abstrato, era sua alma gêmea, siamesa, mesmo separada.

Capítulo 14

OUTRO DIA DE NOVO

Alice esperava renascer nos dias de frio intenso. Era mais fácil se envolver em tecidos eternos de algodão como corpos quentes no peito e um acalento por dentro.

Alice fechava os olhos e deixava a textura de lençóis lhe envolver. Ao seu lado, o silêncio, sutil prazer, que vivia de ausências, incerteza e maldizer. Alice dormia inquieta, deitar em ócio não era exatamente um prazer e deveras, tinha medo dos seus medos, figuras com Minotauro em apenso, metade corpo, metade alma, filhas das noites mais longas que a confundia e perturbava, deixando-lhe contando seus anos vividos e os minutos que lhe restavam.

Alice desperdiçava pensamentos e disse estar consciente. O compasso ousado de olhar vazio compilava edições da percepção, séculos jogados em conjuntos de horas, aumentavam sua angustia de demorar demais para esconder mistérios e desvendar significados. Sim, Alice necessitava compreender sua realidade. Saber onde estaria a melhor escolha para fazer do instante a melhor realidade. E que fatos surpreendentes poderiam lhe revelar sua atroz imobilidade?

Sua proteção sempre esteve em não entender, esconder-se detrás das rubricas dos textos calados, mas eis que agora, de si mais senhora, Alice buscava um doce enredo para sua história. Outra vez sua protagonista estava perdida dentro da obra. Nesses momentos Alice se valia da fantasia feita adaptação, uma sinopse irregular que melhor a apresentasse à sua argumentação.

Alice compilava e editava. Alice não entendia, era senhora e perdia sua estória. Alice buscava e adaptava um valor dentro da obra. Alice imaginava.

Alice encontrava saídas dentro de seus próprios clichês. Não tinha problemas em procurar o verbo haver.

Alice tinha planos de ir mais longe, o mais profundo que o sonho deixasse, para que o corpo não ficasse cansado e deixasse de viver.

E tal qual os doces filhos dos seus desejos, Alice voava até as estrelas que não morriam antes do sol, para que a natureza pudesse ser verde e o mar ir e voltar e suas enseadas continuassem protetoras dos amantes e não faltasse nunca calor que os adornassem.

Alice bebia e regurgitava quando sentia dores na alma. Ela amava o destino dos que andavam sem rumo, quando o meio dia chegava, ainda que não tivesse avisado. Gostava do imprevisto, da desigualdade do encantamento que encontra a surpresa acompanhada do som da gargalhada.

Alice imaginava outra vida a mais onde a luz e os costumes se enamoravam, onde beijos se tocavam em perfeição de vontades, onde as lides só viviam para ganhar os cuidados da proteção de quem não perdia quando não ganhava. Onde homens, mulheres e quem mais fosse se misturassem e se bastassem e pudessem com ardor jogar a mesma toalha no solo do lutador.

Nesse lugar, lá bem longe, Alice não tinha mãe e amigos nem desejos mesquinhos de amor, havia música que tocava no escuro para que ela cantasse e santos calados e humilhados, iluminavam as estradas de barro de oração que o trigo plantava para que por elas Alice pudesse os pés por.

Nesse lugar quente e fagueiro Alice morava em pensamento. Fechava os olhos e se via na praia, abrindo as águas como a criação ameaçava fazer. Alice mal ouvia os canhões que trabalhavam para que as casas desocupassem bancos e espaços em mesas de salas de jantares.

Alice lacrava os ouvidos e rodopiava como a terra gostava de fazer. Alice morava, fechava os olhos e se perdia e gerava um temor.

Alice ouvia sempre os canhões guardados da guerra alojada nos pesadelos dos pequenos meninos indefesos que moravam em seu banheiro. Alice via coisas e pintava sons como se fossem apenas uma piada.

Alice não acreditava quando lhe diziam que alucinava. Alice os pintava depois do banho e sentia sua fome. Aqueles meninos no espelho da pia lhe lembravam ternura, fartura em batalhas vencidas quando não havia mais inimigos nem amigos protegidos pelos abrigos que sua casa guardava. Eram anjos saídos das pilastras do clamor. Anjos pequenos e sozinhos, fazendo de conta que são enviados do senhor.

Capítulo 15

O DIA DEPOIS DA LUA

O vestido de noite de Alice era da cor clara da noite, confeccionado com o barulho do mar ao redor dos barcos que no porto ancorasse. Alice era inevitável como o mérito dos erros criados por descuido, lapsos, rubricas ou cuidados deixados pelo caminho, esquecidos durante o ato, fecundo, inacabado.

Alice tocava flauta deslizando na multidão. Apreciava o ser, que humano, agonizava quando uma flor dormia e despetalava. No coração de Alice cabia o mundo inteiro: o asno, o covarde, o guerreiro. Em Alice estava a água benta que o rio banhava, também o verbo decassílabo que deus odiava.

Em todas as portas que se abriam havia vestígios de Alice. Ela deixava pistas, para serem encontradas depois do dia. Alice era problemática, isso ninguém mais discutia. Alice criava soluções emblemáticas para problemas cotidianos que o divã não ouvia. Alice tocava, fechava e abria portas para outro dia enquanto o amanhã aguardava.

Alice deixava, criava, tocava e abria as portas fechadas para outro dia.

Era problemática e solucionava problemas que ninguém ouvia. Alice aguardava.

Alice guardava anjos que fingiam.

As equações de Alice tinham uma lógica matemática de palavras, números, signos e idiomas onde as línguas se misturavam como massa una que os lábios abocanhavam. A boca de Alice falava desesperada antes que o tempo, sempre vigilante, contasse mais rápido o que acontecia a cada instante.

Alice usava o alfabeto para fazer preces. Pedidos distintos daquelas graças que necessitava. Alice era assim, esquecia de si, a mesma que por engano, inclemente, olhava-se no espelho e se apunhalava. Alice não reclamava. Usava o argumento, poder reverso do silêncio que corria contra o tempo para coser o vazio peso que as palavras deixavam.

Alice acreditava na perfeição. E por que não?

Que tudo poderia ser certo, abjeto, ainda que indiscreto. Alice possuía um lado assim, coberto. Esse lado matinha o som da noite com suas janelas abertas para os sonhos, e iluminava as luzes dos olhares que descobriam o amor antes do horizonte.

Alice pensava que a feliz risada tinha sempre algo bom para recordar, e que beijos, nem sempre são de papel, poderiam ser favos sinceros de mel que recebiam vontades em gotas permanentes para afiar o cinzel de cada pensamento cruel.

E que quando o verbo do sentindo se desvinculava, seria só um infortúnio ocorrido depois daquele tempo, cosido a granel, onde os pontos não mais se encontravam.

Alice poderia jurar fiel ao firmamento, que as mágoas poderiam ser frutos de descontentamento, algum amalgamento, imprudente resultado dos significados deixados para lá.

Seria apenas uma forma de expressar o que não foi dito antes. Calar prisioneiro dos quereres escritos na fronte, talvez pelo medo de reconhecer que seu algoz é aquele que esteve atento e presente, rubricado em sua voz.

Alice tinha um efeito letal, alucinante, quando queria curar, no entanto se equivocava e causava muito mal. Porque Alice não tinha as medidas completas do que era para sempre e do que era itinerante. Ela costumava abrir feridas, expurgar das chagas a dor, mas sempre se enganava e alternava saudade e amor.

Então Alice criava o adeus no lugar do instante e assim eternizava as lembranças de luto constante. Alice expressava e alucinava.

Era itinerante, expurgava e se enganava.

Alice tinha saudade ao invés de amor.

Alice criava o adeus e o luto constante.

Alice também morria de amor.

Capítulo 16

O DIA DE ALICE BELA

Alice tatuava as imagens singelas que a sua mente guardava. Ela desenhava novos motivos para conservá-las inteiras e para que em sua solidão a despertasse da terrível impressão que a vida passa ainda que nela você não esteja.

Mas Alice tinha força e as renovava vez por outra. Era obrigada a ser forte mesmo que a morte ainda que bela a convidasse para o último trago, o abismo mais fundo ou a flecha certeira.

E assim, como saltimbanco em avenidas e vielas, Alice conduzia seu espetáculo a preços módicos e compartidos, por um bom pedaço de pão de circo, um grão na mesa, outro no lixo, um passeio de dedos em riste, ou um breve abraço, uma desculpa, um até depois por estar ocupada na pele de uma árvore desalojada de sua raiz.

Alice ia e voltava, como vigia montando guarda, observava quieta a rua, o bêbado ou a frieza da madrugada gelada.

Alice também era mutante como medida exata de correção pelos equívocos nos seus

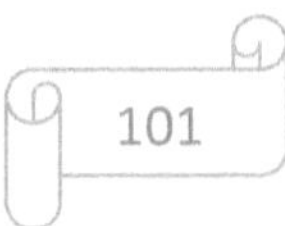

modos de expressão ou para lhe assegurar a vontade de passar de limiar em limiar sem precisar tecer comentários ou criar explicação para aquilo que não cabe resposta.

Alice se movimentava como o sereno em noite estrelada. Estrela do firmamento nascida criatura, ela bailava em vermelho pela alegria, mesmo no escuro. Alice era planeta e luz além da curva por cima do céu, porque podia ser bela, deusa ou mera sequela nascida na infância de todas as idades e nos segredos deixados em conversas paralelas.

Mas Alice não queria ser só. Já havia deixado claro como a luz de um dia só. Já havia escrito nas canções de suas melodias que esperava o encanto de um par antes de qualquer clave em sol.

Ah, os dias com suas noites extravagantes faziam de Alice outra vez a Alice que alguém reconhecia, aquela que rompe a fadiga e se põe de pé para querer o querer outra vez. E nesses hiatos de ócio e vaidade, ela necessitava de outro alguém maior que a igualdade, sem medidas suficientemente exigentes e que existisse para sempre, único, sem igual, fazendo frente ao caos, uma ordem primordial.

Alice ofertava signos no plural. Sua fonte era primeira, a principal. Queria trocar em ciclos, a ira e alegria. Precisava de cura, remédios com magia.

Alice precisava de deus, das pedras ao pé do monte, de roteiros nascidos apaixonantes. Precisava ser escrita em garrafais letras grandes. Necessitava de aceite, ser posta em oração, estar presente em pedidos de paz, consternação ao pai, ser celebrada nos brindes, em um belo final. Talvez um belo deus do sal, alimento vital para pôr graça e ofertar a Alice seu sabor natural.

Deus, poderia ser fabricado à mão, ou digital, tentador, ou industrializado pela glória às cegas, facilitador. Deus, aquele pintado ou customizado às custas de um pregador, o que estampa o pecado como um desejo evangelizador, que vende em sete pedaladas a curva caminhada ao lado do redentor.

Assim andava Alice. Assim, vivia Alice. Colhendo flores, pensando em um modo de aproveitar o tempo enquanto residente do acaso ou de um plano universalizador que concede uma pausa entre o nascimento e a ida definitiva para um outro plano, seja ele qual for.

Assim continuava Alice soprando o vento para a vela do arpoador, que se entregava ao balanço do mar enquanto mergulhava em tardes imaginadas de amor.

Capítulo 17

DIAS DEPOIS

Alice tinha dotes de artista. Cheia de credos e habilidades, ela gerava cores e cruzava os ângulos quando os traços se encontravam. As retas, estradas repletas de perigos dissimulados, subiam montanhas e nasciam em lugares nunca imaginados. Alice juntava as cabeças quebradas das peças, colando seus pedaços onde as ruínas tinham deixado colunas soltas em seus palácios.

Alice pintava bocas com a decoração das festas e vestia de negro o palhaço só para rir e de seu riso fácil, falso.

Alice também andava descalça misturando o piso do solo onde pisava. Ela fazia a música que dançava e os acordes que sua voz lá no alto alcançava.

Ela costumava dizer que quando estava muito triste a chuva comemorava e as águas que desciam nas elevações das calçadas era a coreografia da tristeza que a melancolia cobrava.

Alice buscava mais perguntas para as respostas que elaborava e sofria porque permanecia, insólita, incomensurável, mesmo sendo a janela que a porta fechava. Fechava o mundo à sua volta. Destruía a queda que teimava e novamente, levantava.

O mundo criado por Alice ficava melhor quando estava mudo de todo som que havia. O mundo criado por Alice fez também dela prisioneira, onde liberdade era um reino em que a rainha era uma fantasia das servas que ela seduzia para morrer em todas as vezes que se libertava.

Alice e Ártemis, almas unas em simbiose, prosa que rima sem rosa. Apenas se reconheciam quando era possível alguém que as identificasse. Alice também pertencia, como era de costume, à terra que a selva arava, às montanhas que as nuvens emolduravam, à paisagem completa que a tudo contemplava. Assim como também, vivia a aparar as arestas de seus impulsos que a jogavam para longe, onde ela não mais se reencontrasse.

Assim também ela se protegia da indiferença e da orgia, no meio da rua ou da casa que lhe pertencia, para onde ela voltava nos braços tenebrosos dos irmãos já velados e amargurados, todo dia. Alice fechava o ciclo das saídas. Porque a coragem lhe fugia para não olhar para adiante. Perdia, todavia, as chances que a livrariam de escolher a morte como feliz semblante ao invés da sabedoria.

Alice se conformava. Como a vítima ao executor. Refugiava-se em seu interior, melhor lugar para encontrar um mentor. Respirava e ameaçava por ordem onde o caos começou.

Alice refez seu perfil e habilmente organizou sua pauta de mais dias futuros. Futuro do indicador que ajudaria Alice a ser mais feliz e que faria de seu próximo tempo o melhor que a conjugação indicou.

Alice não avisava, se pronunciava como um verbo velho das escrituras, as mais antigas feitas antes de quase tudo que procurava. Era ela das estrelas a luminosidade fugaz quando se soltava das alianças que os dedos penduravam, malabarista das sílabas jogadas fazendo arcos no ar, cruzando palavras enquanto os significados brincavam de interpretação.

Alice assim imaginava o que não poderia saber. A total imensidão em um lugar no desconhecido, fazia para Alice ser a vida uma feliz competência da rara oportunidade de estar e ser, ainda que anônima, ainda que celebridade. De fato, a necessidade de entender de tudo o que acontecia pertencia à amargura intocável de viver.

Sem saber ou desconhecer qual a real fatalidade: se bem se conhecer ou utilizar o que aprendeu de si mesma para mais saber. Alice sentia e observava a intensa inquietação da pessoa humana. A dificuldade de se movimentar ante a total incapacidade de prever o próximo tempo. Se passarão segundos ou dos anos fazer um milhão de tempos vividos.   E sabia que a cada angustia, tristeza ou indecisão estaria aí a marca indefinida das horas contadas para acontecer.

Mas havia o presente. Estado suficiente do agora. Ela só precisaria de um corpo, algumas encenações e manobras para fazer aparecer em cenários criados uma verdade real onde ela pudesse apenas ser.

Alice percebeu então que muito tinha avançado em sua caminhada e que de agora em diante sua volta ficaria fadada a um intenso recrudescer de quente sol que a deixasse mais forte, com raios de luzes claras e platinadas que guiassem sua estrada de noite adentro, recebendo em novas temporadas o amarelo claro sobre o céu aberto da aurora.

Era o sol, a estrela maior, mais dona do pasto e do pântano que chegava sem demora em mais uma estação para ser de Alice sua verdadeira companhia em seus dias de calma ou de espanto.

Por ele os sinos dobravam, acordava a vizinhança e as crianças se multiplicavam depois dos banhos em quintais encantados. Era, sem dúvida a virada do tempo mais rápida porque os dias eram maiores e as noites eram economizadas para servirem de abrigo aos invernos rigorosos.

A campina fica empertigada em tempo de calor e as rosas despiam-se dos espinhos matreiros para roçar as peles deitadas em solos quentes de areia. As mãos cansadas ficavam leves e arqueadas para flutuar e dar espaço aos passos de jovens raízes, trigueiras sob o mormaço. Alice era como uma escritora encantada de onde nasciam fantasias, rainhas e ternas histórias para atravessar as noites dentro da madrugada.

Alice cumpria os prazos do calendário e suas temporadas. Esperava cada estação de cada vez em sua estada. Se fossem flores, chuva, sol ou folhas jogadas, Alice recebia o tempo como uma deusa reza em seu templo para dizer obrigada.

Alice oferecia a face para ser decorada em todo o ano que passava. Ela saltava pelas árvores em busca de sementes mais elaboradas e plantava um pé sob o sopé de uma nova montanha só para ver se a natureza gostava.

Alice encantava as estações por dedicar a elas sua melhor beleza. As agraciava com sua gentileza, pureza expressa em sua alegria e no seu eterno combate às teimosas lágrimas que nos fins de tarde incidiam sobre as lembranças que a tocavam.

Mas nesse dia Alice resolveu não sofrer. Queria apenas o sereno sobre ela como um véu a lhe proteger das mágoas, do esquecimento e de quem não lhe amasse.

Alice voltava para casa depois de mais um dia antes do meio da noite. Levava consigo as questões que o dia havia deixado transcorrer.

Perguntas e enganos faziam de Alice um ser humano comum, mas não uma pessoa qualquer. Ela vinha no começo e em qualquer lugar do dia. Alice vigiava os dias dos verões e recebia as chuvas nas mãos do seu corpo branco e cristal, negro como a forma da presa morta em salto piramidal.

Alice era morta de vontade de enternecer e sensibilizar. Chamar atenção. Chamar à tensão de sua curva de corpo escultural. Alice era só uma questão de escutar, olhar as sombras do antes do dia. E isso poderia demorar um tempo para observar. Um tempo sem chuvas ou agonias. Um tempo nem distante nem sufocante. Equidistante. Alice existia.

Uma pérola nascia toda vez que Alice sorria. Do bem e do mal, do mel ou o ácido mais atroz, Alice se servia. Das areias puras do quintal em tardes de infância, aquelas que são mais sentimentais aos apertos no coração de quem pressente que seu alguém vai e não voltará jamais.

Ela aparecia depois das cores da íris. Adivinhava o riso que a boca contornava e entendia as baixas da loucura dos homens em guerras bestiais.

Alice levantava os corpos caídos por fome, mendigos da gula, enfermos que alimentava crianças com mãos amputadas. Alice andava nua à frente da escória para evitar o medo que criava a falta de misericórdia. Mas também esquecia de apagar a luz do seu quarto e sem razão surgia sua fiel alucinação, uma forma em coreografia que dela cobrava as cabeças, reses feitas dos enganos bem feitos durante seu dia. Era meia noite e meia de outro dia.

Capítulo 18

O AMOR DE ALICE

Alice estava sozinha. E por esta razão se apaixonou. Todos diziam para escutar o coração e que as razões da razão são argumentos frios que deixavam escapar a ternura e a emoção. Diziam que a solidão adoece o corpo e que a alma envelhece tal qual brumas depois que o sol aquece.

Também ouviu dizer que todos deveriam buscar um par e que amar é sempre o melhor remédio para não precisar chorar. Então Alice decidiu amar. Imaginou um amor puro, sensível. Um amor gentil e fácil de encontrar. O amor de Alice era maduro, claro, espetacular. Feito de um brilho intenso, sedução em quantidade certa para qualquer mal estar.

Alice sentou e esculpiu o corpo do seu amor. Atlético e eficiente em jogadas de longo alcance, sincero e inteligente apenas o suficiente, largo o bastante para abrir os braços com ardor, triste tal qual quimera que não se realizou, porque assim Alice seria a pausa entre a sua necessidade e o que faltasse para compor a experiência com felicidade.

Um romance repentino que fizesse esquecer que o dia já terminou. Alice assim seria a sua única fantasia na obra do criador. Alice adormeceria no centro da terra em fervor e não se preocuparia em encontrar o pedaço de chão que na tristeza lhe faltou. Tudo bastaria enfim, apenas com um olhar acolhedor. Seria o amor dos livros, finais e filmes que a última cena nunca terminou.

O amor de Alice seria para sempre. Porque amar seria a melhor forma de viver o amor. Sem definição precisa, necessidade que viabiliza o vazio dentro da afeição. O amor seria a rotina que se repete todo dia porque o amor precisa do amor. Palavra infinitamente lida, sentir era o capital de maior valor. Por que? Porque amar não faz mal e Alice entendeu que a sua vida seria normal se a solidão não chegasse, ainda que o romance chegasse ao final.

Alice entregou seu corpo em sua alma em um golpe só. Fatal.

Esperou o tempo passar para chegar a intensidade, inteira   entrega na verdade de caminhar em cumplicidade.

E que ele chegasse e se alojasse fecundo. Ave em ninho, em calor de proteção. Que o amor fosse veludo, milho na plantação, café em moinho, um rosto em multidão. Que o amor falasse mais alto, sem provocação e que tudo, tudo fosse possível, do pecado à absolvição.

Mas, sem contos de fadas ou varinhas de condão, Alice foi ao chão como pétalas em estiagem, oásis sem miragem, amor ainda em gestação.

Alice chorou, migrou para a seca do seu coração, pediu, implorou por outro mundo, estar em outra dimensão. Mas, foi em vão.

Alice não se aqueceu em seu céu iluminado. O amigo tinha dado o fora e a chuva gelada que agora descia, invadia sem fazer alarde, a casa de Alice, o bosque e sua floresta de cores marcadas. Alice marchou lentamente lá fora, onde a má sorte, maré fora de hora, a convidava para ir à forra.

Alice parou. Estática como a palavra que desaba no chão. Alice chamou por Hemera, sua meia irmã para compartilhar o imenso espaço deixado em seu coração.

Alice dormiu em um par de abraços dados no chão. Deixou que o silêncio a embalasse e a levasse sem volta, sem pegadas marcadas para impedir uma ressurreição.

Mas Alice voltou. Pouco a pouco. E marcou um encontro com o próprio desejo que a deixou aleijada após um ano de véu de seu mundo verdadeiro. Por inteiro.

Então Alice encontrou seu outro lado de dentro, aquele que ninguém entra depois que a pintura instala a cor sem visão.

Porque não era certa a separação das sílabas que se uniam em comunhão para que a vida se vingasse do esquecimento e da rejeição. E que sua volta selasse as promessas feitas em oração.

Alice desde já passou a caminhar a esmo em procissão para fazer do dia seguinte uma tarde sem a manhã. E que os amantes, esses se matassem e perdessem os filhos feitos da paixão, corvos bentos que anunciassem as penas duras de quem se atrevesse a experimentar a ilusão.

Alice era pedaço, frio, ilusão. Caminhava casualmente, olhando pelas portas e janelas seguindo os passos da morte que andava ao lado. Traição. Alice secava a boca com as rugas da face que apressavam-se com a idade. Ela lutava inutilmente com a lucidez do esquecimento, furtivos momentos herdados pela efemeridade.

Reservas postas em leilão, Alice precisava de um pouco de caridade para seguir em frente como quem leva o peso da filha morta jogada ao chão. Amor, amor em vão. Esse jamais poderia ser o preço da abnegação. Ela alcançaria o brindar do corpo decomposto ou o que restava do seu afeto, fado jogado aos restos do adeus dado ao leste. Cobraria o tempo, vão, vazio perdido em seu coração. Desejaria a enfermidade mais terrível, uma fúria em seus últimos dias para secar os olhos que da alma já não existiam. Alice morria. Aos poucos, em cada lembrança da conta dos dias.

Quando então Alice encontrou aquele que a matou, Alice lhe acorrentou nas finas amarras da solidão. Soou o sino do aviso, linha no fim do dia, hora de pedir o último segundo do meio dia.

Alice comemorou a ponta da lança em coreografia, o peito que em dois se abria.

Como passagem para águas em sangria, mar revolto da dor que falecia.

Morria Alice no fim de mais um dia. Morria Alice de não ter alegria.

Nascia outra Alice para fingir que a outra nem chegou. Nem começou, que novamente se levantou a aurora, que depois não dormiria e o passado, Alice afugentou. Alice, outra vez renascia.

Alice corria juntando os fatos, refazendo os sentimentos que o amor levou. Ressuscitava os momentos anteriores ao terror. Urgia a magia que o amor desmoronou.

O tempo passou. E desmascarou o perfume das flores que adornavam a ilusão, fez ruir a aparência, pobre evidência da atração. O tempo passa, mas cura. Atrasa, mas revigora. Não volta, mas adorna. Adorna as lembranças e as transforma em aprendizado. Em significado para a existência. O tempo breve, dileto, reduz a experiência a um canto recatado da memória para não ser um exílio do passado.

O amor de Alice chorava porque lágrima tem hora. Ela sorria mesmo sem vontade porque era romance, lembrava de nomes e esquecia as idades, criava datas e comemorava porque era isso que importava. Alice esperava que seu amor fosse um cúmplice displicente e ficasse invisível diante do impossível, mediasse o ódio com a indiferença e fosse um juiz justo e discreto quando o certo não fosse reto e a mentira uma evidência.

Alice queria alguém culto, que lesse jornal e fosse fluente e soubesse calar quando as palavras faltassem. Desejava alguém sedutor, de mãos macias e alma *caliente*, um corpo de escultor que as pedras buscassem. Alice seria sua pintura na sua mais bonita moldura. Alice cantaria o hino para sempre dos felizes e queria sim, viver intensamente para que seu amor jamais tivesse fim. Amaria o corpo, o olhar e o semblante, armaria os desatinos para que a paz reinasse, amenizaria verdades que o peito não aguentasse e que transformasse as desgraças em pesadelos que sempre acordassem.

Aos poucos Alice recomeçou a obra do que era ser ela. Paulatinamente, entre um ponto e outro juntava palavras, teias de sílabas que as frases formavam, pequenas passagens que permitissem o contato entre o desejo e a sua realidade.

Então um dia Alice recomeçou a amar. E em seu diário de costumes e danças Alice começou a fazer seus momentos de escrever e relatar. Contou para si mesa: hoje comecei a amar.

Seu amor correspondia ao título de tudo encontrar e sua medida era a mesma das alianças de prometer não machucar.

Alice nutria uma falta de presença em seu altar porque estava sempre só, para correr ou para chorar. Alice olhou o olhar de seu amor e confirmou que ele seria aquele que para sempre seria seu primeiro e verdadeiro amor.

Alice lhe contou de sua criança esquecida, planejou um futuro à frente do destino e lhe contou dos pergaminhos escritos sem autor. Cada dia um divisor, cada momento um único passo, rumo dado, sem condutor.

Queria que fosse grande o suficiente para jamais ser esquecido como as mesas fartas das celebrações que anunciam com música que a noite começou.

Poderia ser mais velho, senhor ou menino, viking, pirata ou amador. Alguém muito jovem, anônimo ou apenas alguém que ela imaginou.

Alice sempre quis um amar assim. Para sempre, para jamais acabar. Sem lamentos, sem final, como a última peça do colecionador.

Capítulo 19

A PRIMEIRA PARTE DO AMOR

Alice deu entrada nos ninhos benditos do amor. Em um olhar insinuador, Alice vestiu a sua sedução com vestes inauguradas em noites um milhão de vezes sonhadas.

Ela andou depressa e arriscou os dados em uma prova de corajosa, jogada ainda não tocada pelos encantos do seu puro sentimento. Caminho encontrado, cela aberta, seus olhos ficaram cerrados para ver de perto o que a sua vida não lhe mostrou.

Por ter dificuldade em entender a fala do outro e sentir a sensibilidade que o outro inventou, Alice precisava entrar em um mundo curioso ainda que fosse só um pouco onde existiam as faces ocultas da paixão. Alice esperava morna e calada que a compreensão daquela, nela se encontrasse para tornar mais leves as suas formas quando enamorada. Imaginava as delícias que a vida traria por uma forma assim de viver: sonhos compartilhados, dúvidas desfeitas e rumores calados com sabor do encantamento.

Ela chegou bem perto do seu íntimo eu, silenciou e esperou que a sua voz mais profunda a ensinasse como ser a pele do outro nela impregnada.

Respirou profundo e em mais um segundo, aportou no mundo que o outro tinha como seu. Alice agora se sentia uma ave guia. Estava sendo içada pela emoção, lugar seguro do coração.

E pelo instinto de ser uma presa desejada, Alice pousou, porém, desmoronada onde nem imaginou.

Alice chegou cansada, seca e desfigurada. Procurou nas ruas, nas calçadas, olhou nos bares, em rodas animadas, procurou em ilhas coletivas de fervor, acoplou pontes que abismos guardava, mas nada encontrou. Alice então deitou o mormaço onde antes imaginava estar seu deleite de corpo e alma. O destino a desapontou.

Alice precisava recobrar a força que perdeu em sua empreitada. Reencontrar a alvorada, um por de sol, um pingo de sincero amor.

Devagar, entre pisadas de solos de cantador, a encontrou. Ela estava outra vez de frente para a face desnuda do horror. Alice mal acreditou quando o ar da noite enfim silenciou. Alice malograda, não foi avisada que a madrugada faltou.

Capítulo 20

UM DOS ÚLTIMOS DIAS

Alice amanhecia outra vez. O cheiro de pólvora, ração de vida, empestava o ar. Estranhos pássaros sobrevoavam o céu, atraídos pelos restos de vida que Alice arrastava. O medo e a ausência de perfume acordaram Alice já desperta. Através do nevoeiro, árvores imponentes, fechavam a visibilidade dos metros à frente.

Um companheiro dormia ao lado, cama alojada em retalhos de gente. Escondia o rosto com as mãos, olhos esbugalhados de quem partia para sempre procurando proteção. Não deu muita importância. E como se fosse constante não levar a vida adiante, fechou os olhos do vizinho e desejou-lhe boa partida.

Em um contexto imperfeito Alice sentiu-se de repente fazendo parte das partes espalhadas embaixo de um teto caindo de repente. Com sede e solene, bater em retirada parecia ser a única entrada da porta alcançada.

Desejo era palavra santa naquele fim de mundo. Era o que Alice mais sentia, mas sua pele caia da face ferida, do corpo presente. Sabia que precisava sair logo dali. O inimigo o espreitava. Não havia terra firme em batalhas e tempo era um luxo que ninguém negociava.

Alice percebeu algo estranho que seu corpo carregava. Era um novo molde de estrutura que sua pele agora ocupava. Alice estava confusa, desorientada e uma força constante a integrava. Era uma prisioneira de sua própria alma agora alugada ao esqueleto que a segurava. Deixou as revelações para mais tarde, tratou de sair ligeiro de onde se encontrava.

Correu rápido, premissa de vida, procurando aliados. Saltou os perigos dos caminhos minados, rodopiou em fagulhas de fogo queimado, aspirou a fumaça que dissimulava o cenário indigente e saiu procurando alguém que chamasse de gente por onde passava. Olhava para os cantos, trincheiras esquecidas, debaixo das valas, todas preenchidas, cortados pela metade, cortes profundos que as chagas choravam.

Uma gota quente desceu-lhe pelo rosto. Era um presságio, um orvalho extinto, um resto de sombra de sol ressecado. Alice tocou o rosto com mãos de sangue, dedos moldados, faziam a vaidade esconder sua face. Alice sentiu-se longe, distante, equivocada. Tocou o próprio semblante como um viajante que perdeu o rumo da estrada. Não se reconheceu em seu pranto, parecia distante, amputada.

Agarrou o espelho na palma da mão gigante, e olhou de perto primeiro para o frio estrangeiro que a tocava radiante. Os pelos escorriam por seu corpo quebrado, dores ferviam um pouco de riso para compreender a sintonia vítima agora de um alarme que se ouvia da inevitável verdade espelhada na lâmina:

Alice não era mais Alice, senão um estranho incorporado parceiro. Alice era ele, o masculino agora feito gênero, um prezado companheiro que agora atendia por ele. A triste verdade é que a realidade trazia Alice agora mutante, desapegada da forma, sua atroz feminilidade.

Não era possível, pensava. Tocava seu corpo, procurando por sinais de sua identidade, quando um tato rasteiro, sentido pelo toque em seu novo molde fez um chamado. Atrapalhando os galhos da árvore, um corpo pendurado, dentro de um terno iníquo vestia um último alento, derramado em lágrimas, vistas em ruína que lhe desmanchava.

Os dois se olhavam em dúvida dividida, procurando ler no olhar morto a sentença estabelecida aos desertores que fogem em linha deserta em missões secretas. Alice pensou na causa senil que os levaram ali. Ambos viviam porque podiam todo dia subtrair tropas nocivas, fazer viúvas e padrastos, meninos morrendo de parto e amigos desfazendo boatos. Alice não era mais a que chorava.

Os lamentos eram punidos com a agonia idolatrada como única morada àquele que lamentava. Alice dentro dele, e ele inaugurado por ela. Sentiu nojo e fome. Então com ódio e granada, puxou o infeliz em carcaça trazendo consigo o galho como um troféu em seu nome, nas costas atravessado. Os dois choraram um hino em homenagem aos heróis, honrados em glória que em miseráveis ocasiões fazem da morte vitória.

Vasculhou seus bolsos. Cigarros quebrados, retrato de namoradas, um rabo de rato era a fortuna do trapo. Em seguida, saiu pelo atalho levando seu achado.

Armas de fogo cantavam ao longe. Os passos apressaram-se tal qual tambores em rituais em seu nome. A marcha cuidadosa mantinha as armadilhas expostas em cruzes debaixo da terra.

Alice ganhava vantagem com sua nova identidade. Pensava como agia, puma humano, vizinho que esquecia o próprio nome como fera em espera pelo alimento depois da morte certa.

Sem saber por quanto tempo andou, quando cansou dormiu e o dia voltou. O infeliz companheiro gemia enquanto sonhava. Foi quando com espanto observou o que sobrara das partes agasalhadas pelo corpo deitado. Então Alice chorou. Chorou até não mais sentir a ternura escondida. Alice estava confusa, gênero fora da identidade, rubrica posta em incredulidade, Alice rosnou e engoliu a própria ingenuidade. Depois de um algum tempo, cuidou do outro e seu estrago, deu seu agasalho e cantou para ele dormir.

Algumas horas depois, o dia levantava outra vez. Grande e poderoso, com a força de um azul claro, trazendo ela, a nobre senhora, aurora. Novamente as árvores se erguiam para dar sombra e casas para a folhagem, as aves os ninhos para deles voar e os homens carregavam seus fardos que a vida não presta sem uma grande tristeza para amaldiçoar.

Alice levou o companheiro para longe, para dar o alimento de uma sincera esperança. Quando os dois ficaram de pé, zarparam por caminhos de fé. Um par incólume, bem-aventurado, buscavam a liberdade sem palavras de ordem que os levassem até onde o inimigo não chegasse.

Foi numa ponte incendiária, divisa da sorte, que o moribundo já curado, cruzou o peito do amigo até a morte. Agradeceu-lhe a hospedagem, a atenção, a solidariedade sorriu com sarcasmo e devolveu-lhe o corpo à terra, latifúndio reservado. Cuspiu lá do alto sobre o outro que descia num bailado, espalhando o consorte que sobre as pedras foi alojado.

A ferida do corpo curada, colocou sua arma em pé, respirou profundo, pegou uma carona e desapareceu intrépido.

Alice estava outra vez acordada.

Capítulo 21
ALICE NO MAR

Alice e seu barco viajavam no entorno das margens, orlas ensinadas a separar águas. As mágoas dos contornos dos olhos, ciclos incompletos que avistavam os portos depois do cais, faziam nascer saudades, saudações que com a idade deixavam as paixões para depois.

Alice recostava-se no barco para receber o vento, motor potente no aprumo vivaz jogando o trajeto para frente e para traz. Alice passeava as mãos nas ondas mornas fazendo curvas termais como carícias plenas de fontes naturais. Alice ouvia o som, claro e onipotente das vozes fluentes dos animais vigiando seu turno noturno, como de costume. Dourada era a cor que o sol cobria com sua luz, o outro lado do meio dia onde Alice vivia sua paz.

Alice adorava ser a única passageira a bordo do lago. Ali, naquele instante fugaz, sentia-se completa. No jogo da vida, de dias reais, exceção era sua oportunidade nas cartas jogadas, em suas viradas para ganhar mesmo sem o ás.

Alice encontrou no silêncio a reparação para os danos feitos a si mesma. Inaugurou um estilo precário de sentir, nomeou em naipes seus amigos e semelhantes, dividiu assim em castas suas prioridades que chamava de humanas. Quando se encontrava só, ao sol em seu barco andarilho, Alice fazia reservas de júbilo, para repartir com o mar seus melhores momentos, tempo líquido e quente que a embevecia e a tratava como gente.

Alice gostava do oceano porque ele nada cobrava. Estava sempre lá. Silenciosamente trabalhando em ondas que a orla bordava. Assim como Alice o mar estava continuamente repetindo seus movimentos e ofertando seu corpo, espaço prateado para decorar as fantasias mais impunes dos que tem coragem de navegar.

O mar e Alice, o mar em Alice, sugeria fidelidade, descanso. A confiava na admiração de Alice era ela, e ela o amava. Alice concluiu que algumas pessoas não nascem para serem amadas. Elas estão tão armadas dentro delas mesmas que se escondem das vias relacionais. Ou talvez, sem mais, sem menos ou muito mais, estão para amar só o mistério, o indivisível e o indizível até não compreender mais.

As mãos de Alice tocavam a ternura marinha e uma linda melodia era criada. O barulho do movimento da água desenhava a silhueta de Alice sob a sua noite, sempre bela e enluarada.

Alice bailava rumo ao encontro de quem navegava. Suas lágrimas encontravam ancoradouro e o mar se beneficiava com mais sal para viver.

Alice pensava em falta de amor. Não teve. Não viveu. Ou não era para ter jamais. Alice olhou para a câmera dos céus, procurando os olhos de Deus, esperando respostas que a sua tristeza implorava.

Mas onde Alice morava não havia eco para palavras. E lá, no fundo do horizonte das margens ou do peito, não havia ninguém para ouvir seus lamentos. Então Alice curvou-se no barco e roçou seu rosto sobre as águas para se sentir tocada com afeto, no leito de uma mansidão.

Estranho mesmo era o destino que brincava de desejos, de sonhos intranquilos e armava fantasias para o coração arquitetar. Mas quantos moravam na casa do coração dos outros? E quantos poderiam sobreviver à paisagem das noites, aos inícios e fins das canções que não explicam nada de amar?

Capítulo 22
ALGEMAS DOURADAS E AS HORAS APAGADAS

Não amanheceu o dia e a noite se prolongou. A madrugada se escondeu desfazendo amores, as portas bateram calando vozes e as estrelas naquela noite adormeceram, apagando o brilho, deixando o acaso farto de rumores.

As cantorias de sono e descanso não estavam enebriadas com as mentiras contadas nas mesas de ninhos e cobre... E as mesas, apenas para sobremesas estavam expostas à dura e fria sobriedade de saudades apaziguadas entre a misericórdia e a realeza.

Nem boêmios nem poetas estavam lá, tão pouco os poemas tinham algo para contar. Um silêncio doente e um pesar constante pairavam suspensos ante os pensamentos que se perguntavam se ainda havia graça ou mistério para revelar.

Alice estava calma. As certezas não mais faziam falta. E o vazio foi decomposto gradativamente por não existir mais uma necessidade.

Alice escutava, como sempre, a harmonia nascida em sua mente com as notas cifradas no fim do poente. Era nessa hora, no fim de mais um dia, que Alice voltava para sua eterna companheira de manto orvalhado.

Mas a noite só chegaria se Alice sofresse porque o dia com a sua magia logo levantaria e mostraria para Alice a continuação de tempos marcados.

A claridade revigorava seus desejos, seu corpo andava buscando novos motivos para saborear o tempo que não a esperava. Então Alice se apressou. Porque a espera que não tarda mata a ilusão de que um dia foi amada.

Alice decidiu que aquele ar morno seria sereno e levaria os planos sem prantos. E que a sua magia seria da sua agonia um mero engano.

E sem nada mais a dizer, as palavras a fizeram calar para não desfazer seus finais de horas. Assim, Alice seguiu as pegadas deixadas pela tristeza sem papeis ou falas decoradas. Convidou as palavras, cruzadas e trocadas antes da esperança a reconhecer em pedaços lilás de saudades.

Sim, Alice havia chegado ao seu limiar de esperanças. A tarja verde sob seus pés, cura de suas feridas na peregrinação cotidiana, encolhia à medida que seus passos a conduziam para mais adiante.

Certa vez Alice entendeu que a morte seria eterna e que a vida só por ser a mais bela não teria que ser para sempre melhor do que ela.

E que destino e desejo, de tão ditos e escritos são curvas   ascendentes cumpridas só até o ponto que não se conhece o fim. Portanto, seriam pontos coincidentes, que descansam depois de um acordo de feliz combinação entre uma decisão e um ato antes de desistir de seguir até o fim?

Alice abriu os olhos com calma, para ver onde queria chegar. Um último desejo, um tímido lampejo a fez suspirar. Provar o derradeiro sopro, candelabro do dia e da noite, lumiar companheiro em glórias e em desespero. Um breve até lá.

Um céu aberto em última ceia de verão, sorveria Alice com seu laço de espera. Cada dia passado, cada hora contada estava perfeitamente alocada em espaços já ocupados por Alice na terra.

Palco vivido, coxias rompidas, agora seladas, memórias sagradas em batismo de aplausos, aqueles que ficaram com mãos nas palmas, agora as deixavam a sós como já estavam. Bastidores que ficaram para trás, fugindo das promessas que juravam   algo mais.

As evidências, por fim, a convenceram que o amor não tardaria. Ele simplesmente não chegaria. E que as horas estadas em quartos de tempo não deixariam vestígios de Alice, nem seu rastro procurado pelo melhor perfume....

Alice era quase um poema.

A quase metade de outra alma gêmea.

Alice quase completou a sua idade.

Alice quase conheceu a felicidade.

Alice fechou as gotas de mel, sobrevida adquirida em momentos maiores, acariciou os retratos dos amigos e namorados apenas sonhados, e foi fechando os *flashs* lembrados dos íntimos maus-tratos que lhe tiraram a paz nunca resgatada.

E o que dizer dos quase acontecidos futuros planejados? Faltou deslinde, propriedade... de qualquer forma, já era passado, fato acabado.

Deu uma última guarida ao seu espelho, reflexo de uma face que não viveria para guardar suas memórias e com um beijo cortado fechou o olhar com um obrigado.

Em seu caderno, último diário, Alice aspirou as letras como pétalas originadas de seu odor interior, único instrutor durante o antes que o seu tempo criou.

As cenas despidas, menu em relatos, eram apenas palavras concebidas e depois rasgadas para quem Alice a ninguém jamais as confidenciou.

Encontrou o pai em seu aposento, prostrado, deitado embrionário em sua ausência constante. Ele que ficou tanto tempo em sua vida calado e não se deu conta da sua presença, da porta arrancada em seu quarto fechado. Beijou sua face, como sempre quisera e sentiu o de sempre: seu amor era apenas velado. Ele sempre esteve ali, mas nunca esteve ao seu lado.

Ainda em seu último intento, Alice arriscou uma olhada, talvez alguém chegando atrasado de antigo evento para lhe levar pelos abraços, pluma enfeitiçada, para escrever seus novos dias e suas novas manhãs que a salvariam da última dor de partir bem antes do que estava combinado.

Seus olhos não olharam nada além do vazio, uma eficaz abstinência que dizia para Alice que nada hesitaria em não assinalar a sua aparência.

Extinta em todos os dias, Alice era a pintura que caía das paredes erguidas bem atrás da cortina, para além dos infinitos das sobras dos toques dos felizes braços de afeto que não foram comprados, pequenos reboques mal colocados.

Os olhos de Alice vinham de dentro e podiam ver muito longe enquanto voava. Suas asas partiam para sempre e perdiam espaço quanto mais alcançavam visibilidade.

E ainda de dentro da alma falavam os ecos de Alice. Eram anjos correndo, veredas ao longe, tocando os sinos para abortar um costume.

Um certo pesadume de desfazer-se do corpo como faz a tristeza com as cartas sobre a mesa.

Alice neste momento desperdiça o tempo e viola a rotina dos anéis cilíndricos. A filha de Gyges repudiava enfim seu poder, miserável herança de viver só para nunca se ver.

Almas que choram lágrimas em coro, prosa de anjos que não terminaram de fazer seus filhos maiores pela longa estrada. Alice alada guiada pela música que ricocheteava, ganhava as longas distâncias daquelas asas quebradas. Desmancharam-se os sonhos, compreendidas as velhas piadas, o gosto que some, *consomê* em *free lance*. Alice por uma longa temporada procurou desesperada, o que os finais não contaram.

Enfim, como sempre, a sós ficara.

Uma noite quente, um véu levado, uma excitação pusilânime provocada pela lâmina brilhante a   se compadecer de horrores gerados, cedidos gentilmente para alforriar sua agonia depois de tantas batalhas.

Os anjos de Alice assinalavam suas faltas em dias pesados e pediam desculpas porque esqueceram seu nome nos dias gelados. Mas não tinha mais importância a ser considerada. Alice que costumava chegar ao coração do outro e com ele adormecer para acalentar sua dor, não precisava mais de proteção ou gratidão.

O que Alice não sabe e nem por longe sonha é que o verso foi plágio, a piada um fato e as lágrimas, maquiadas. Nem tudo era ilusão.

Então Alice reviu em breve *trailler* encenado antes o que não haveria adiante ainda que em seus sobejos, velhas vontades em despejos, já tivessem passado.

Sairá Alice e entrará a lembrança? Bem longe de outro amanhecer, Alice não saberá a resposta que a pergunta esconde. Alice observa a linha feita no horizonte, estendida por detrás do oceano, como um fio de navalha que se rompe no mergulho que escreverá o segredo a sete chaves lacrado no amor que toda Alice sentirá ao desvendar qual é mesmo o seu nome.

A música a acompanha em seus últimos acordes e vai revelando seu segredo com as notas contadas, sintonia orquestrada pelo inevitável que trazia seu nome, ou quem sabe por seu significado, de Alice, pobre nobreza...

Alice viveu para sempre ser Alice. Queria chegar bem perto de si mesma. Selar sua identidade, sentir seu próprio gosto, ser sua única prioridade.

Mas Alice e apenas ela, ao seu pedido respondeu. Só ela ao seu amor correspondeu e por essa razão, grande e única, Alice só existiria como propriedade apenas sua.

Alice só poderia viver no meio da sua rua, seu choro escarlate derramado em grua nua, despiu suas cores e a condenou ao anonimato levado sem freio, como correnteza em sangria desvairada.

Então para que fosse ela uma protagonista em fim de série, Alice decidiu criar um final em linha reta, dando os créditos somente a ela, que apareceria pela primeira vez em grande tela: Alice, a estrela em noite bela, fará a grande cena esperada a vida toda em uma única noite eterna.

Alice desprendeu-se das cordas, amarras presas em suas costas, prendas cobradas em suas apostas, pagas com notas falsas de sua sutil realidade.

Desceu majestosa como a rima do poeta, firme como a palavra dita na hora certa e inevitável como o tempo passado ainda que a hora não estivesse certa.

Uma Alice rarefeita toca as águas que a esperam, azuis como seus sorrisos de menina prisioneira, verdes como as algas em tardes brejeiras, cintilantes como o veludo mormaço que a benzem com aprazo.

Dilatado um dia, já não há mais prazo, doce via, *crucis* de mais dia, de uma vida à revelia, Alice estende-se graciosa em seu leito de morte.

Alice paga o preço de curar suas dúvidas e da pobre certeza que a vida é um apreço a ser considerado em toda e em qualquer luta, da mais oculta, àquela mais vaidosa.

Agora o coração inteiro de Alice é seu. Só seu. Já não está mais vulnerável, não precisa mais ser amada.

Alice se vai e com ela a miudeza de viver indefesa e a fortaleza que Alice escolheu para se conhecer antes que o sol logo apareça.

Alice mergulha por fim em si mesma, caminho à vista, terra ao longe avistada.

Por fim os seus medos terminaram. Sem pistas ou pecados, Alice também será uma versão melhor contada pelos que agora sempre a ignoraram.

Alice pousou depois de um breve voo. Assim como os pássaros que perdem seu canto depois da tristeza, Alice despediu-se dos selenitas de mares feitos com marfim com a mesma discrição que fez dela uma voz calada nos pântanos dentro da sua casa comprada e por ela alugada.

A estrela Alice, agora decolava rumo à sua verdadeira casa em uma linda noite, a mais orvalhada, e pela natureza, sua fiel temporada, a mesma chorada. Mas, ao mesmo tempo, o céu se regozijava porque agora teria em seu manto mais uma luz que a noite iluminava.

Alice partiu, mas ninguém ouviu seu pouso na água. Sua luta foi içada por uma nave sem astronauta, nau naufragada nas linhas de chegada para uma Alice nunca desejada.

E quem viu a Alice que fugiu não notou sua estada.

O amor perdeu.

Perdeu uma linda Alice de abril.

Alice ganhou a vida do brilho que a banhava.

A natureza se entristeceu.

A floresta emudeceu, em luto, mutilada.

As flores, suas mãos procuravam.

As aves, nenhum canto as convidavam.

E a vida, enviuvada de Alice, chegou atrasada.

Alice viverá nas cores e no sol, nas noites e madrugadas por quem sempre foi verdadeiramente amada.

O calendário deixa vazio os dias e mais frio o inverno em suas mais longas jornadas.

E o sol, talvez morra e transforme seu calor em sede que faz crescer a mirra cada vez mais amargurada.

Era meia noite e meia do novo meio dia.

O outono chegou outra vez.